이수부키친,

오늘 하루 마음을 내어드립니다

이수부 키친,

오늘 하루
마음을 내어드립니다

이수부 지음

위즈덤하우스

추천의 글

덜어냄으로써
풍성해지는 식탁의 기억

기억은 거짓말을 잘한다. 그 농간에 넘어가 편견의 늪에 빠지면 타인과 나 자신을 온전히 바라보기 어렵다. 편견만큼 집요한 놈도 없다. 한번 제 편으로 만든 이를 떠나는 법이 없다. 힘도 세다. 수많은 사회적 연대의 가능성을 쉽게 차단한다. 하지만 기억의 속임수가 힘을 발휘할 수 없는 분야도 있다. 바로 맛의 세계다. 자박자박 걷다가 코끝을 스쳐 가는 냄새에 끌려 식당 문을 연 적이 한두 번이 아닐 터. 어머니가 부친 전, 늦은 밤 퇴근길에 아버지가 사 온 전기구이 통닭, 추운 날 첫사랑과 나눠 먹은 호떡, 어린 시절 할머니가 손에 쥐여 주는 고소한 약과 등 추억이 잔뜩 묻은 음식의 향은 기억이 잔꾀 부릴 틈을 안 준다. 닿을 수 없는 그리움의 힘이 더 세다.
그런 '기억 쌓기'는 여전히 우리의 일상이다. 오늘 그와 먹은 파스타, 어제 오빠와 담근 김치, 여행길에서 만난 국밥 등은 먼 훗날 또 다른 추억이 될 게다.
그래서 맛을 만드는 이들이 소중하다. 그들의 심성은 더 중요하다. 음식에 따스한 마음을 담아야 그리움으로 이어질 수 있다. 식당 주인이 잇속만 차린다면 그리움은 저 멀리 달아나고 만다. '이수부 키친'의 주인장 겸 요리사인 이수부는 그런 포근한 마음의 소유자다.
그의 일터는 편안하지만 독특하다. 다른 레스토랑과 달리 테이블이 한 개밖에 없다. 간판도 찾아보기 어렵다. 처음 찾는 이들의 열에 아홉은 골목에서 길을 잃는다. "그저 마음 따스한 심야식당의 주인아저씨가 되고 싶었다"는 그가 선택한 일터 환경은 수수한 그를 그대로 투영하고 있다. '골목길 방황'을 하다 보면 짜증이 나기 마련인데, 막상 그의 손맛을 보고 나면 눈 녹듯 사라진다. 그의 특기다. 그의 음식 철학에서 기인한 결과다.
"음식은 식재료가 가진 제약에서 시작한다"고 책 첫 장에서 밝힌 그는 그 구속을 넘기 위한 "인간의 노력"이 맛 창조의 길이라고 생각한다. 거기에 이수부만의 관용이 작동하는데, "짠 것이 무조건 안 좋은" 게 아니라 사람의 몸 상태에 따라 누구에게는 더 필요할 수 있음을 강조한다.

그가 "기본을 만드는 좋은 재료의 특성"으로 꼽은 몇 가지는 삶의 원칙으로 삼아도 될 만큼 울림이 크다. '중요한 일을 하지만 자기를 중심에 두지는 않는다' '자기 존재감을 드러내려면 도드라지거나 먼저 내지르지 않는다' '내가 주인공이 되기보다 다른 것들이 주인공이 될 수 있게 도와준다' 등은 인간관계에서도 차용할 만한 덕목이다.

여기서 '요리사 이수부'의 음식 철학이 또 한 번 드러난다. 그는 먹거리를 그저 허기를 채우거나 호사스러운 미식의 대상으로만 보지 않는다. 인류가 살아가는 데 중요한 기본 원칙이 먹거리에 녹아 있다고 생각한다. 한편, 그는 단정적으로 말한다. "고운 심성이 더해져야 비로소 좋은 음식이 된다"고 말이다. 그가 전하는 당부의 말은 공명이 크다. "타인의 무신경한 말엔 파르르 반응하면서 정작 중요한 소리, 몸의 소리는 무시한다"는 그의 염려는 미식의 진정한 출발점이 어디인지를 알려준다.

그가 추구하는 '식탁의 미니멀리즘'도 마음에 새길 만하다. 덜어냄으로써 더 풍성해지는 미식문화를 견인하는 데 이정표가 될 만하다. 그는 뺄수록 오히려 채울 귀중한 여백이 생긴다고 책에 적었다. 그가 공개한 16가지 레시피와 '이수부 맛'의 뿌리인 특별한 소금은 요긴한 정보가 된다.

지금도 기억이 또렷하다. 레스토랑 문지방을 넘어서면 제일 먼저 보이는 게 주방이었다. 우리 집 주방과 그리 달라 보이지 않았다. 그가 칼질하고 면을 삶을 동안 손님들은 접시와 포크, 나이프를 꺼내 식탁을 차렸다. 음악 선곡도 하고 와인병도 땄다. 주인과 손님의 경계가 사라진 식탁은 따스한 온기만 가득했다.

"우리는 향을 기억함으로써 맛의 기억을 더 오래 붙잡을 수 있다." 그가 우리에게 전하는 '맛의 기억'은 또 다른 그리움이 될 터이다. 기대해도 좋다.

박미향 (음식문화기자)

차례

2

기억과 이야기를 남기는 공간

3 재료가 말하게 하는 조리법

4 미니멀리즘의 모험

맛의 본질을 찾아서

1

식재료의 제약이 요리를 만들어낸다

음식은 제약에서 시작한다. 제약이 있어 불편하지만, 제약이 있어 기댈 수 있다. 인류에게 조리라는 기술이 발달하게 된 것도 결국 그 재료의 제약을 계산에 넣으려는 인간의 노력 덕분이다. 어떤 방식으로 조리하고 어떤 순서로 어떤 재료를 넣고 어떻게 완성한 후 어떤 맛의 소스를 뿌리고 어떤 고명을 곁들여 담아내느냐는 모두 재료가 가진 한계에서 출발한다. 심지어 어떤 온도에서 어떤 와인과 함께 먹을 것이냐 하는 고민도 재료의 제약 없이는 생각할 수 없다.

공간의 제약, 시간의 제약, 재료의 제약, 만드는 사람의 제약. 제약은 얼핏 한계처럼 보이지만 알아야 할 특성이고 동시에 축복이 된다. 같은 이름으로 불리는 것 안에서도 서로 다르다. 물이라고 다 같은 물이 아니고 소금이라고 다 같은 소금이 아니다.

무엇이
제일 중요한 재료인가?

나는 재료를 나눌 때 그것이 결국 사람의 입으로 들어가 사람의 몸이 될 것이므로, 사람의 몸을 유지하는 데 중요한 기능적 순서가 곧 재료의 우선순위와 같다고 본다.

물이 몸에서 차지하는 비중이 가장 높으니 물이 가장 중요할 터이고, 그다음은 염분이다. 몸이 힘을 쓰게 하는 에너지원은 당과 오일이며, 생리 활동을 도와주는 것이 소금이고, 미세조정을 담당하는 것은 각종 미네랄이다.

기본을 만드는
좋은 재료의 특징

재료를 쓰면서 좋은 식재료가 가지는 특징들을 생각해보았다. 어느 특정 재료에 한정된 얘기는 아니고, 무엇이든 잘 만든 재료는 같은 특징을 지니고 있다.

- 중요한 일을 하지만 자기를 중심에 두지는 않는다
- 자기 존재감을 드러내기 위해 도드라지거나 먼저 내지르지 않는다.
- 없으면 허전하고, 좀 과하다 싶게 많이 넣어도 크게 맛을 해치지는 않는다.
- 내가 주인공이 되기보다 다른 것들이 주인공이 될 수 있게 도와준다.

함께 일하는 사람도 식재료랑 무엇이 다를까 싶다. 겉으론 아무 일도 안 하는 것 같지만, 결국 그 사람이 뒤에서 중심을 잡아주며 전체에 균형감과 구조감이 생기게 하는 경우를 우리는 흔히 발견하지 않는가.

예민한 것보다
평균적인 게 유리하다

유학 시절 만난 셰프가 강의 중에 학생들에게 질문을 던졌다. 사람마다 미뢰세포의 단위 면적당 개수가 다른데 소위 '슈퍼 테이스터(super taster)'라 불리는 미각이 발달한 사람은 조리를 업으로 하기에 더 적합할까, 그렇지 않을까?

나는 당연히 예민한 사람이 맛도 잘 보고 조리를 하기에 적합하다고 생각했다. 하지만 그의 대답은 예상을 빗나갔다. 가장 평균적인 사람이 가장 조리를 하기에 좋다고 했다. 너무 예민하면 맛을 느끼는 극치가 낮으니 남보다 간을 덜 하게 마련이고, 음식의 간이 싱거워지게 되면 맛이 없게 느껴지니 대중을 대상으로 한 장사에 오히려 불리하다는 것이었다.

사람은 누구나 자기가 먹고 싶은 대로 음식을 만든다. 그래서 간을 잘 맞추려면 자기 몸 상태를 잘 유지해야 한다. 그날의 간은 그날의 몸 상태일 수 있다. 간이 싱겁다는 건 예민하다는 것이고 간이 세진다는 건 잘 느끼던 몸이 어떤 이유로 맛을 덜 느끼거나 못 느끼게 된다는 것이다.

몸이 안 좋을 때 음식을 하면 간이 세지게 마련이고, 그런 음식을 먹으면 염분 섭취량이 늘어난다. 나이 드신 어머니를 곁에서 보니 세월이 흐를수록 점점 간이 세지는 걸 느낀다. 미뢰세포의 숫자가 줄어드니 맛의 극치가 높아져서 본인이 느끼던 맛을 유지하시려고 간을 더 세게 하시는 거다.

몸 상태가
그날 요리의 간을 좌우한다

처음 이수부의 간은 아주 싱거웠다. 그냥 심심하다는 정도였다. 그러다가 와인을 마시는 사람들이 늘어나면서 점점 간이 세져 지금은 다른 집보다 약간 싱겁거나 거의 비슷한 수준이 되었다. 정확하게 재보진 않았지만 내 입에 그렇다. 와인이 아무래도 싱거운 것보다는 짠 것이 더 잘 어울린다는 믿음 때문이었다.
'짠 것이 무조건 안 좋은 게 아니라 사람에 따라 필요한 사람도 있을 수 있지 않나'라는 상대적 관점의 수용이기도 하고, '아무리 좋은 음식이라도 목에 넘어가야 한다'는 현실주의적 태도로의 노선 변경이기도 하다.
특별히 짠 음식을 드시면 안 좋은 분들은 미리 짜지 않게 해달라는 주문을 하셔서 그런지 아직까지는 손님으로부터 너무 짜다는 얘기는 못 들어봤다. 생각해보면 짜고 안 짜다는 것은 기대치의 평균도 중요하지만, 편차도 중요한 문제다. 늘 짜거나 늘 싱거우면 상관없는데 언제는 짰다가 언제는 싱겁다면 그것은 간을 맞추지 못한다는 것으로 받아들여지기 때문이다.

음식을 하다 보면 내가 내 입맛을 모를 때가 있다. 무슨 맛인지 못 느낀다는 게 아니라 원래 맛이랑 다른 맛으로 내 몸이 느낀다는 뜻이다. '어 이상한데?' 늘 만들던 음식이고 넣던 간인데 쓰게 느껴지거나 싱겁게 느껴지거나 한다. 충분히 그럴 수 있고 드물게 일어나는 일도 아니다. 이런 날 나는 아예 기미상궁 노릇을 포기하고 일을 도와주시는 분에게 간을 봐달라고 부탁한다.

내 몸 상태가 안 좋을 때는 아무리 간을 봐야 맛이 더 나아지지 않는다. 오히려 그 상태의 몸에 맞는 간을 바로잡으려고 하면 평소의 맛과 다른 음식이 되어버릴 수 있다. 자기가 하는 음식의 맛을 늘 같게 하는 일은 기술이 아니라 몸을 다루는 문제다. 조리라는 과정은 손만 놀리는 일이 아니라 몸이 동원되는 일이기 때문이다.

메뉴의 구성요소와
창작의 논리

많이 쓰는 재료가 당연히 더 중요하겠지만 음식을 하는 사람에게는 저마다 자신만의 논리가 있게 마련이다.
나는 음식이 무엇으로 구성되어 있다고 보는가?
나는 재료 중에서 무엇을 중요한 것으로 보는가?

음식 = 주재료 + 소스, 양념 또는 드레싱 + 고명

거의 모든 메뉴는 주재료와 맛을 더해주는 소스, 양념 또는 드레싱, 고명으로 구성되어 있다. 그 배합방식이나 결합의 순서, 조리방법 등에 따라 내용이 조금씩 달라지기는 하지만 대부분 요리의 기본적인 메뉴를 해체하면 대략 위와 같이 된다. 그걸 정의해야 메뉴 구성의 논리가 그 안에서 자란다. 메뉴가 악보라면 주재료는 메뉴의 기본 선율이고, 소스 또는 양념은 주재료에 더해지는 변주이며, 고명은 지루함을 덜어내고 각성을 일깨워주는 악센트나 기교 같은 것이 아닐까?

식재료를 다루는 가치관에 따라 조리법이 형성된다

조리업계의 개인적인 멘토님께 들은 이야기가 있다. 음식을 크게 보자면 거기에는 메뉴라는 건물을 떠받치는 큰 기둥이 두 개가 있다고 한다. 그 기둥 중 하나는 사람의 간섭을 되도록 줄여 원재료 본연의 맛을 드러내려는 시도이고, 다른 하나는 간섭을 늘려 인간의 창의력으로 재료가 혼자 연출해 내지 못하는 오묘한 맛의 조합을 새롭게 창조해 내는 것이다.

하나는 재료를 고르는 일에 집중하고 재료의 변형에는 가급적 의식적 개입을 자제하려 하고, 다른 하나는 재료의 적극적 변형을 통해 조리하는 사람의 존재감을 극대화하려 한다. 무엇이 옳다 그르다 할 수는 없겠지만 그 차이는 문화와 그 문화권에 사는 개인의 취향을 따라 달라질 수밖에 없다. 사회적 가치의 문제이기도 하고 개인적 관점의 문제이기도 하다.

우리를 둘러싼 나라들의 식문화를 보자면 회를 먹는 일식의 경우에는 원재료의 맛을 잘 드러내려는 쪽에 가깝고, 불을 많이 쓰는 양식이나 중식의 경우는 새로운 맛의 창조를 추구하는 쪽에 가깝다. 시간을 두고 자연이 펼쳐주는 맛을 기다리는 우리나라는 두 논리의 기둥 사이 어디쯤에 있다. 재료의 맛과 질감도 중요하게 여기지만 비빔밥처럼 각자 개성이 있는 것을 얼버무려서 새로운 맛을 만들어내는 메뉴도 있고, 삭히고 익히는 발효 지향은 또 다른 우리만의 세계다.

그래서 음식을 한다는 뜻의 단어만 봐도 일본은 요리(料理)라고 쓰고 우리는 조리(調理)라고 부르며 중국에서는 팽조(烹調)라고 쓴다. 일본은 재료[料]의 이치[理]를 아는 데 중심을 두는 언어라면 중국은 불[火]을 조절[調]하는 것이 중심이고 한국은 잘 조절[調]하고 그걸 통해 이치[理]에 다다르는 것이 주안점이다.

한마디로 정리하면 재료의 맛을 살리는 일식은 칼맛이 되고, 불을 다루어 재료의 변형을 주는 중식은 불맛이 되고, 익히고 삭혀서 변형을 주는 한식은 손맛과 물맛이 된다.

원칙과 타협 사이,
재료를 만지는 사람의 책임

재배란 참 인위적인 것이다. 사람을 중심으로 다른 생태계를 바꾸려는 시도이기 때문이다. 그렇다고 재배를 포기하면 채집 생활이 시작된다. 선택은 피할 수 없고 타협을 하지 않을 수는 없다. 그런 의미에서 볼 때 기존의 환경을 지속 가능하게 하는 방식으로 만들어진 재료가 가장 본질에 가까운 것이라 생각한다.

보통은 신토불이와 떼루아(terroir) 같은 단어처럼 작물을 둘러싼 자연환경을 상품의 속성과 연계시키려 하지만 같은 땅 안에는 너무나 많은 변수가 존재한다. 같은 지역에 살아도 사람마다 성격이 다르고 생각도 다르고 주어진 환경도 다르다. 농업도 비즈니스이니 수익률을 고려하지 않을 수 없다. 노동력, 시간, 재료 등등 고려할 요소가 많을 것이다.

내가 먼저 잘해야 하는 것도 있지만 나만 잘해도 안 되고 한 과정만 옳다고 되는 것도 아니다. 어디선가는 타협할 수밖에 없지만, 어떤 선을 절대 넘지 않는 것이 원칙이다. 원칙을 지키는 것이 믿음이고 신뢰다. 친환경이나 유기농은 같은 재료를 어떻게 다루었느냐 하는 문제고 그 외에도 재료의 품질을 판단하는 여러 잣대가 있을 수 있다. 언제 수확했는지도 그렇고 얼마나 신선한지도 그렇고. 내가 아무리 까탈스럽다고 해도 모든 공정을 다 감시할 수는 없다. 믿음은 그래서 결국 관계의 문제가 된다.
관계란 그에게 내가 기대는 것이다. 다 맡기는 것이 아니라 그의 관성을 내가 믿는 것이다. 그의 행동과 진행 과정과 결과물을 통해서. 자기 발로 가서 눈으로 보고 입에 넣어보면서. 그렇게 고른 재료에 고운 심성이 더해져야 비로소 좋은 음식이 된다. 그래서 음식을 만지며 나는 괴로워도 한다.

고를 때 철저하고 만들 때 타협하지 않으며 잘못임을 알았을 때 바로 수정했는가?
몰라서 그랬으면 어쩔 수 없지만, 내가 정한 기준을 내가 짓밟지는 않았는가?

내가 더 잘할 수 있는 여지는 없는가?

좋은 음식이란 희귀해서 비싼 재료를 쓴 것이 아니라 땅 위에서 좋은 관계를 맺고 자란 건강한 재료를 제대로 다룬 손길이 더해진 결과물을 말한다. 나쁜 재료가 좋은 음식이 되기는 어렵지만 좋은 재료도 나쁜 음식이 될 수 있다. 재료와 사람이 만나는 그 지점이 재료를 만지는 사람의 고민이 시작되는 출발점이 아닐까?

사람은 누구나 자기가 먹고 싶은 대로 음식을 만든다.
그래서 간을 잘 맞추려면 자기 몸 상태를 잘 유지해야 한다.

재료를 가장 건강하게 먹는 법
소식

그런데 재료를 키우는 환경이 달라지고 있다. 바다도 오염되고 육지도 믿을 수 없고 채소도 다 안전한 것은 아닌 시대로 가고 있다. 과연 이런 시대에 우리는 무엇을 먹어야 한단 말인가. 가능하면 직접 키우고 적게 먹는 소식(小食)밖에 답이 없어 보인다. 많지 않은 적당한 양을 느리게 먹으면서 즐겁게 얘기 나누고 몸에 쌓아두지 않는 것. 그것이 최상의 건강식이다.

여기서 많이 먹었으면 저기서는 좀 줄이고 어제 많이 먹었으면 오늘은 좀 줄이는 절제까지 곁들여진다면 금상첨화다. 하지만 현실은 내가 늘 해먹을 수도 없고 늘 소식을 하기도 어렵다. 그래서 자기 몸의 목소리를 잘 들을 수 있는 몸을 유지하는 것이 절제를 향한 의지보다 훨씬 중요하다.

혀는
살아 있는 기억의 더듬이다

"어떤 것이 더 좋은 먹이일까?"라는 질문은 "어떤 것이 맛있는 것일까?"라는 질문과 다른 것일지 모른다. 하지만 사람들은 "좋다"라는 말과 "맛있다"는 말을 동의어로 쓰길 원한다. 그래서 우리는 "좋다"라는 감정을 숨기고 "요즘 어디가 맛있어?"라고 주변 사람들에게 물어본다. 사람마다 느끼는 맛이 다르고 맛있다는 정의가 다를 터인데 "이게 맛있어! 먹어봐"라고 하는 순간 우리는 그것을 맛있다고 느끼지 못하면 뭔가 내가 이상한 사람인 것 같은 일종의 강박에 이미 사로잡히게 된다. 인지는 그래서 무서운 것이다.

일부 평론가들이 사석에서 "도대체 왜 그 집이 다들 맛있다고 하는지 모르겠어요"라고 비슷한 의견을 내지만 일단 입소문을 탄 곳은 소수의 의견과 상관없이 점점 장사가 잘 되고 맛집으로 자리매김하게 된다. 식당 앞의 줄은 관능적 현상만은 아니다. 개인은 성장했고 자기 의견을 SNS에 이미지로 드러내는 건 이미 사회적 현상이 되었다. 누군가의 판단이, 다른 누군가의 판단보다 우위에 있을 수 없다는 건 관능에 우열이 있을 수 없다는 뜻이다. 위계는 있을 수 있어도 우열은 싫다. 권위는 그렇게 몇몇 사람으로부터 분리되어 데이터가 되었다.

이제 한 식당에 대한 사람들의 기억이나 관능은 시장이라는 수많은 점들이 만나는 평균값을 찾아내는 빅데이터 분포 같은 것이다. 눈으로 확인하는 정보가 물리적 경험을 못한 사람에게는 공감하고 싶은 욕망의 수요처가 될 수도 있다.

눈에 보이는 것만 믿는 시대가 아니라 눈에 보이는 것 안에서 눈에 안 보이는 것을 찾아내는 자기 능력을 믿고 싶은 시대다. 맛은 누구나 논할 수 있지만, 그 맛을 느끼는 혀는 모두 같을 수는 없다. 의견을 낼 권리는 모두에게 하나씩 주어지지만 같은 짠맛이 지닌 기억의 무게는 사람마다 다를 수 있다.

혀는 살아 있는 기억의 더듬이다. 좋은 먹이를 쫓던 기억을 통해 좋은 먹거리에 대한 인식도 자기만의 평균값을 찾아갈 것이다.

음식을 만드는 사람의 자기관리

만드는 사람이 단 것을 좋아하면 음식이 달게 되고 만드는 사람이 매운맛을 좋아하면 매운 음식이 될까? 상업적으로 일반 대중이 인정하는 맛은 따라가려 하겠지만 음식을 하는 사람은 누가 뭐라 해도 자기 취향에서 크게 벗어날 수 없다.
기본적으로 먹거리라는 것은 내 입으로 들어가는 것을 전제로 개발된 것이고, 그걸 상업적으로 구성하는 것은 그다음 수순이기 때문이다.
음식을 만지는 사람의 자기관리는 그래서 중요해진다. 몸이 맛을 원하고 맛이 몸을 만들기 때문이다. 담백한 걸 좋아하면서 기름진 요리를 매일 할 수 없고 기름진 걸 좋아하면서 담백한 음식을 표방할 수는 없다. 내가 내려는 맛은 이 시간의 내 몸 상태이고, 이 시간 내 몸의 상태는 내 맛의 시작이다.

자기가 좋아하는 맛을 시장의 눈높이에서 너무 멀어지지 않게 유지하는 노력과, 시장이 관심 갖지 않는 눈높이에서 자기만의 세계를 적당히 유지하는 것은 의미가 있다.

메뉴를 짜기 전에
맛의 옆모습(flavor profile)을 생각한다

우리가 기억하는 맛은 맛과 묶인 개인 또는 공통의 정서일까, 아니면 맛의 조합이 주는 새로운 맛의 옆모습일까?

세상에 무수한 맛의 조합이 있을 것 같지만 우리가 맛이라 부르는 것은 대부분 향을 통해 기억으로 느끼는 것이다. 세 치 혀로 느낄 수 있는 맛은 결국 몇 가지뿐. 달고 짜고 쓰고 시고 감칠맛이 나고. 통각이라는 매운맛을 포함한다고 해도 겨우 6가지가 전부다.

여기서 우리가 느끼는 맛의 조합 가능성은 6가지 중 2개의 조합이라고 한다면 6가지로 생길 수 있는 맛의 경우의 수는 순서와 상관없이 일어나는 조합 $_6C_2$, 즉 15가지에서 현실적으로 말이 안 되는 맛의 조합을 뺀 숫자일 것이다. 3가지 맛의 조합을 가정한다면 2가지 조합의 결과에서 다시 3가지 조합의 수를 더하고 그중 말이 안 되는 맛은 빼고, 4가지 맛의 조합도 마찬가지로 더하고 빼주고 하다 보면 혀로 느낄 수 있는 맛의 모든 경우의 수가 이론적으로 나올 수 있지 않을까?

이 수학적 개념을 일상의 언어로 돌아보면 우리는 현실 세계 속에서 맛의 조합을 훨씬 간단히 이해할 수 있다. 언어권에 따라 다르겠지만 우리 말에서는 달콤짭짤, 매콤달콤, 새콤달콤, 매콤새콤 등의 표현이 있다. 영어에서는 sweet and sour, sweet and salty, salty and spicy 같은 단어들이 주로 쓰인다. 말은 달라도 맛이 둘 이상의 조합으로 이루어져 있다는 얼개는 같다.

맛은 5~6가지뿐이지만 우리가 맛있다고 하는 '맛'은 시고 쓰고 달고 맵고 짠 낱개의 맛 그 자체가 아니라 맛의 조합으로 만들어진 복합체일 가능성이 높다. 그리고 그 조합의 가능성은 각각의 맛에 1~5단계와 같이 수준을 달리하면 전혀 다른 맛으로 인식될 수 있다. 그러니 입에 '맛있다'는 맛은 헤아릴 수 없을 정도로 많게 된다.

위의 논리에 따라 간단히 메뉴를 정리해보면, 새콤달콤한 메뉴에는 탕수육이 대표적이고 매콤새콤달콤한 메뉴에는 칠리새우가 있고 달콤짭짤한 메뉴에는 간장 양념치킨과 각종 과자들, 매콤짭짤한 메뉴에는 김치와 매운맛 스낵 등이 있다. 대충 적어보아도 우리가 느꼈던 맛있다는 느낌을 두 가지 맛에 담아내기는 어렵다는 걸 알게 된다.
실제 맛은 훨씬 더 복잡하고 섬세하다. 하지만 극단적인 가정을 통해 두 가지 맛의 조합만으로 대표적인 메뉴를 떠올려보는 건 그 큰 줄기에서 자신의 취향에 따라 단맛을 줄이고 짠맛을 줄이고 신맛을 줄이고 다른 맛을 늘리는 기교가 가능할 수 있기 때문이다.

나는 그 낱개의 맛을 어떻게 이해하고 있을까?
어느 날 각각의 맛에 대한 나만의 단상을 적어보았다.

| 짠맛 |

그래봐야
나 없으면 다 맹탕인걸
울긋불긋한 잔치의 소음 속에도
그는 여유롭다
네가 바다에서 태어나
흩어진 염분을 세포에 빨아들이는
광물과의 공진화를 거친 이상
시작과 마무리는 결국 나일 수밖에 없다고

가장 느긋하지만
가장 먼저 나서야 하는
분주한 자랑이여
아가미의 기억이여

| 신맛 |

썩으면 그 맛이 난다고?
요걸 몰랐지 요걸 몰랐지
자연을 닮아가던
이 정지된 새콤함 속에
모든 것이 하나가 되는 묘수가 있다는 걸

아는 사람은 알고
모르는 사람은 모르겠지만
나 없는 세상은
말 많고 자랑 많은 늘어진 것들의 화려한 피로연

눈살이 찌푸려진다고?
내가 하나 물어볼게
그 잘난 관능 믿고 살아서
잘된 게 도대체 뭐 있는데?

| 단맛 |

인생이 뭐가 있냐며
다 쌓은 그 높이 위에서
일시에 무너져 내린다

한 번쯤은 그래도 괜찮지 않겠냐며
한 번쯤은 용서받을 수 있지 않겠냐며

듬큰한 기다림의 시간은 잠시 젖혀두고
강렬한 자극을 찾아 알몸을 더듬으려는 성취 본능

성스런 경전은 저리 가라
인생 얼마나 산다고

| 쓴맛 |

너를 보며
나는 가끔
혼자가 되고
슬픔을 배우고
균형을 스쳐 지나간다

지기 싫어 달려갈 때
어울리며 생겼어도
무리에선 또렷하기 어려운
진실의 순간

맛에도 시간적 순환이 있다면
그는 어느 순간 더디게 왔다
사라질 듯 오래 남는다

온 힘을 다하고 남은 피로의 흔적처럼

잡스러움을 흐뜨리며

조화(調和)의 법(法)을 설파하는 맛의 일갈이여

| 매운맛 |

쌓이기만 하고 흩어지지 않으면
쌓이고 쌓여 독이 될 것이니
요만큼 쌓이려 할 때
바로 날려야 한다고
땀을 흘린다
나약하던 기억은
전투적 기상 앞에 불타올라
아무도 기억하지 않을 자학의 흔적이
다시 되돌아올 즐거운 기억이 된다.

치고 나가지 못해 길을 방해하는
느린 것들은 가라!
나는 아직 갈 길이 멀었으니

수부초
현미

메뉴가 악보라면 주재료는 메뉴의 기본 선율이고, 소스 또는 양념은 주재료에 더해지는 변주이며, 고명은 지루함을 덜어내고 각성을 일깨워주는 악센트나 기교 같은 것이 아닐까?

질감은
우리 입속의 중요한 사건이다

우리가 생크림 케이크를 먹을 때 입안에서 부드럽다고 느끼는 이유는 무엇일까? 유제품이 주는 지방과 인위적으로 쳐올린 공기층 때문이다. 질감은 감촉이 주는 관능이다. 질감은 재료 안에 들어 있는 공기의 양, 수분 함량 또는 지방 함량과 관계가 있는 입안의 사건이다.

공기의 작은 기포가 많으면 부드럽고, 조밀하면 딱딱하고, 부드러운 채 외형이 굳어 공간을 만들어주면 파삭하다. 수분은 많으면 촉촉하다는 느낌을 주고 넘치면 흐르고 부족하면 떡진 느낌이다. 유지류는 적당히 넣으면 부드럽게 느껴지고 많이 넣으면 느끼하고 적게 넣으면 퍽퍽하다. 분류는 같아도 어떤 유지방을 쓰느냐에 따라 고소함과 크리미한 느낌도 달라진다. 유제품 다르고 오일 다르다.

재료뿐만 아니라 맛도 질감이라는 관능에 영향을 준다. 새콤한 맛을 경험할 때 바삭(crispy)하다는 표현을 쓰는 걸 보면 그렇다.
캘리포니아의 바삭한 느낌의 샤도네이.
그런 화이트와인에 어떤 질감의 음식이 어울릴까? 촉촉함이 있을 때 바삭함이 들어오면 놀랍지만 촉촉함이 자칫 바삭함을 덮어버리면 눅눅해진다.
순서도 위치도 접시 안에서의 거리도 질감에 중요한 요소다.

색(color)은
맛의 조화를 만드는 기본 안료이다

음양오행은 우리의 전통적 사고체계다. 그것은 추상적인 세계를 구조화한 정돈된 틀이자 현실 세계에 적용되는 논리적 도구이기도 하다. 색도 맛도 오행의 테두리 안에서 모두 조화를 지향한다. 어느 것 하나가 넘치면 다른 것 하나로 균형을 맞추고 균형이 깨지면 그 둘과 인접한 것으로 다시 균형을 맞추고.

그렇게 상생상극하면 돌고 도는 원리 속에서 색은 공존한다. 한식이라는 틀 안에서만 보면 우리는 유난히 색의 조화에 민감한 것 같다. 색이 가진 다른 개념과의 관계가 있기 때문이기도 하고 어떤 색이 빠졌을 때 그것이 관념적으로 치우침을 의미하기 때문이기도 한 것 같다.

"여기 뭔가 빠진 것 같은데……."

"이제 보기 좋네요."

모든 감각이 색의 균형에서 나오고 색의 균형이 몸의 균형과도 연관되어 있다고 믿는다. 한식을 배우면 제일 먼저 하는 지단도 그런 배경에서 나온다. 색을 맞춘다는 건 한식의 논리에서 골고루 섭취한다는 뜻이다. 재료는 땅에서 나고 땅은 색을 뿜어낸다. 그러니 우리는 색을 통해 땅을 느끼고 땅에 비를 뿌린 하늘과도 만날 수 있다.

볕이 좋아 토마토의 색이 아주 발갛게 잘 익었다고 하면 그것을 입은 맛으로 느끼고 눈은 색으로 느낀다. 고를 때는 눈과 코에 의지하고 삼킬 때는 혀에 의존한다. 색은 눈이 만든 감각이기에 가장 직접적이다. 보기 좋은 음식이 맛이 있다는 말은 관능에 전달되는 감각의 거리에서 색이 맛보다 먼저라는 의미도 된다.

색은 조화를 만드는 안료다.

DNA에 담긴
가장 관능적인 맛의 기억, 향

향은 가장 멀리서 알 수 있는 감각이자 가장 관능적인 감각이다. 코가 발달한 동물을 보면 그 가치를 알 수 있다. 먹이를 찾고 짝짓기를 하는 것은 향이 이끈 움직임이다. 인간은 시간이 지나면서 후각보다 시각을 발달시켜왔지만, 시각이 이성을 자극할 때 향은 관능을 불러온다. 보이지 않는 것에 끌려가진 않지만 "이게 무슨 맛있는 냄새지?" 하면서 몸을 이동하게 되는 경험은 우리에게 아직 향의 위력이 남아 있다는 증거다.

우리는 향을 기억함으로 맛의 기억을 더 오래 붙잡을 수 있다. 아니 맛 그 자체가 향의 기억일지도 모른다. 냄새만 맡아도 "음~ 이거 무슨 냄샌데……" 하는 것은 향에 대한 기억이 추억을 소환해주기 때문이다.

어릴 때 어머니가 해주시던 그 맛.

어느 바닷가 부두에서 먹던 그 맛.
그 맛 안에는 바다의 내음과 어머니의 체취가 몰래 숨어 있다. 우리 말에는 맛이라는 말이 좁은 의미로 혀의 관능을 의미하지만, 영어 flavor라는 말에는 taste와 smell이라는 요소가 결합되어 있다. 레몬에는 레몬의 향이 있고 라임에는 라임의 향이 있다. 둘은 같은 신맛을 내지만 둘을 같은 맛이라고 느끼는 사람은 잘 없다.
그런데 참 희한한 일이다. 향의 존재를 몰랐을 리 없고 맛 안에 향이 담겨 있다는 걸 몰랐을 리 없는 우리 조상들이 음식을 표현하는 데 두 개념을 따로 쓸 줄밖에 몰랐다니. 통합을 잘하고 극단을 즐기는 민족의 특성상 쉽게 잘 이해가 안 되는 대목이다. 혹시 있는데 우리가 안 쓰고 있거나 몰라서 잊고 사는 건 아닌지 모르겠다.
향은 나라 음식의 정체성을 규정하는 기준이 되기도 한다. 인도는 커리로 대표되고 동남아 음식도 레몬그라스(lemongrass), 갈랑갈(galangal), 코코넛(coconut) 같은 재료가 그 지역의 식문화를 향기로 대표한다.

서양 사람들은 허브를 쓰는 데 익숙하다. 고명으로 올리는 푸른 색감보다 향이 주는 맛을 다양성의 요소로 훨씬 중요하게 생각하는 듯하다. 양고기에는 민트(mint)가 어울리고 토마토에는 타임(thyme)이 어울리며 연어에는 딜(dill)이, 스테이크에는 로즈마리(rosemary) 등등 요리마다 재료와 얽힌 향의 논리를 가지고 있다.

어디선가 봄 내음이 나면 우리는 그 봄을 데쳐 먹는다. 색을 따라가서 향에 취해 돌아온다. 향은 자연과 교감했던 재료의 기록지다. 맛이라고 느끼는 기억에 포스트잇처럼 떡 하고 갖다 붙이는.

소리는
맛을 둘러싼 몸짓의 부딪힘, 쾌감이다

지글지글, 자글자글, 보글보글, 치지~익, 바사삭.

그러고 보니 조리와 관련된 소리는 보글보글 정도를 빼고 거의 기름과 관련된 것들이 대부분이다. 수분이 적고 온도가 있고 평면에서 뭔가 익는 소리. 마이야르 반응을 직관적으로 알고 표현한 것일까?

절이고 삭히고 묵히는 한식은 기본적으로 소리 없이 일어나는 조리 형태다. 그래서 재료가 조리기구와 부딪칠 때 나는 소리보다 사람의 동작을 그대로 표현한 것이 많다. 앉힌다는 표현이 그렇고, 담근다는 표현이 그렇다.

우리는 참 잘도 앉힌다. 쌀도 불렸다 밥솥에 앉히고, 술도 식초도 항아리에 앉힌다. 평범한 동작어가 조리용어로 같이 쓰이는 것도 특이하다. 요즘이야 식용유가 흔하지만 조선시대에는 설탕도 기름도 모두 귀했다. 심지어 밀가루까지도. 그래서 국수는 손님이 오셨을 때 내는 귀한 음식이었고, 유과는 명절에나 먹는 최고급 병과였다.

나는 코팅 팬은 안 쓰고 스테인리스만 쓰는데, 요즘 그마저도 팬을 세게 달구는 걸 좋아하지 않아서 양파를 볶을 때 나는 치익~ 하는 소리의 쾌감마저 줄어들고 있다. 위잉~ 팬이 돌아가고 딸그락딸그락 기물 부딪치는 소리만이 음식이 준비되고 있음을 알린다.

어릴 적 기억부터 더듬어보면 맛에 대한 소리의 기억은 잠결에 들리는 어머니의 도마 소리가 아니었나 싶다. 그 소리가 아름다운 이유는 내가 먹을 아침에 대한 기대 때문이기도 했지만, 모두가 잠든 사이 일찍 일어나서 가족을 위해 밥을 지으시던 어머니의 부지런함이 고맙고 이불을 뒤집어쓰고 있는 어리광이 좋기도 하고 미안하기도 했던 복합적인 기억 때문이다.

소리는 관능에서 가장 멀지만 가장 오래 남는 기억이다.

몸의 소리에
귀를 기울이는 것에서 시작한다

사람들이 서로 덜 만나고, 필요한 사람만 만나게 되면서 시야는 좁아지고 나와 다른 것을 배울 기회가 줄어드는 것 같다. 입맛에 맞는 것을 고를 채널 선택권은 늘어났지만, 그 선택권은 어쩌면 자기 성장을 막는 자기 한계의 시작인지도 모른다. 배달이 늘어나면서 원하는 행동을 하는 것에 대한 소비자의 책임은 줄어들고 기업의 책임이 늘어난다. 환경에 대한 문제가 제기되는 지점도 이 언저리이다.

풍요와 편의의 시대다. 선택은 많아졌지만 그렇다고 몸이 자유로워진 것은 아니다. 문제는 내 입에 맞는 선택이 내 몸에 꼭 맞다는 보장이 없다는 데 있다. 입에 쓴 약이 몸에 좋다는 말을 보면 더욱 그렇다. 선택의 가짓수가 많고 기회가 많으면 많을수록 실수를 할 기회도 그만큼 늘어난다.

아이러니한 것은 다른 사람이 나를 대하는 태도에는 예민하게 반응하면서 정작 자신의 몸에 대해서는 무신경한 태도로 일관하는 경우가 많다는 것이다.
몸의 소리를 무시하고, 때론 흘려듣고, 이 정도는 괜찮겠지 하면서…….
내 몸을 고정된 것이라고 여기고 몸을 늘 똑같이 대하는 것은 시간이라는 변수를 고려하지 않은 편견일 수 있다. 맛있다고, 몸에 좋다고 그것만 먹는 것처럼 상황을 고려하지 않고 몸을 획일적으로 다루는 것은 몸에 대한 평등한 대우가 아니다. 몸과 마음이 사람마다 각자 다른 것처럼 평생을 지고 사는 내 몸도 그때그때 순간순간 조금씩 다를 수밖에 없다. 매 순간 자기가 원하는 상황을 만들 수는 없지만 언제든지 상황에 맞는 최종 선택은 내가 할 수 있다.
우리가 순간을 즐긴다는 건 그런 몸과 마음이 시간성과 연결되는 것이다. 그래서 좋은 기억을 주었던 만남은 시간의 축복이 준 선물이다.

THE
CULINARY
INSTITUTE
OF AMERICA

Professional chef
the professional chef
PROFESSIONAL COOKING
ON COOKING
Chef's Recipe
Professional Chef
FRESH & EASY
DK
CULINARY FUNDAMENTALS

편안한 것을 추구하고, 허세도 없고, 그렇게 쌓인 상호 동질적인 취향과 공감을 나름의 이수부 키친의 컨셉이라 한다면, 그 컨셉이 확고해지고 고객경험이 쌓일 때 브랜드가 될 수 있는 것이리라.

ON COOKING
Chef's Recipe

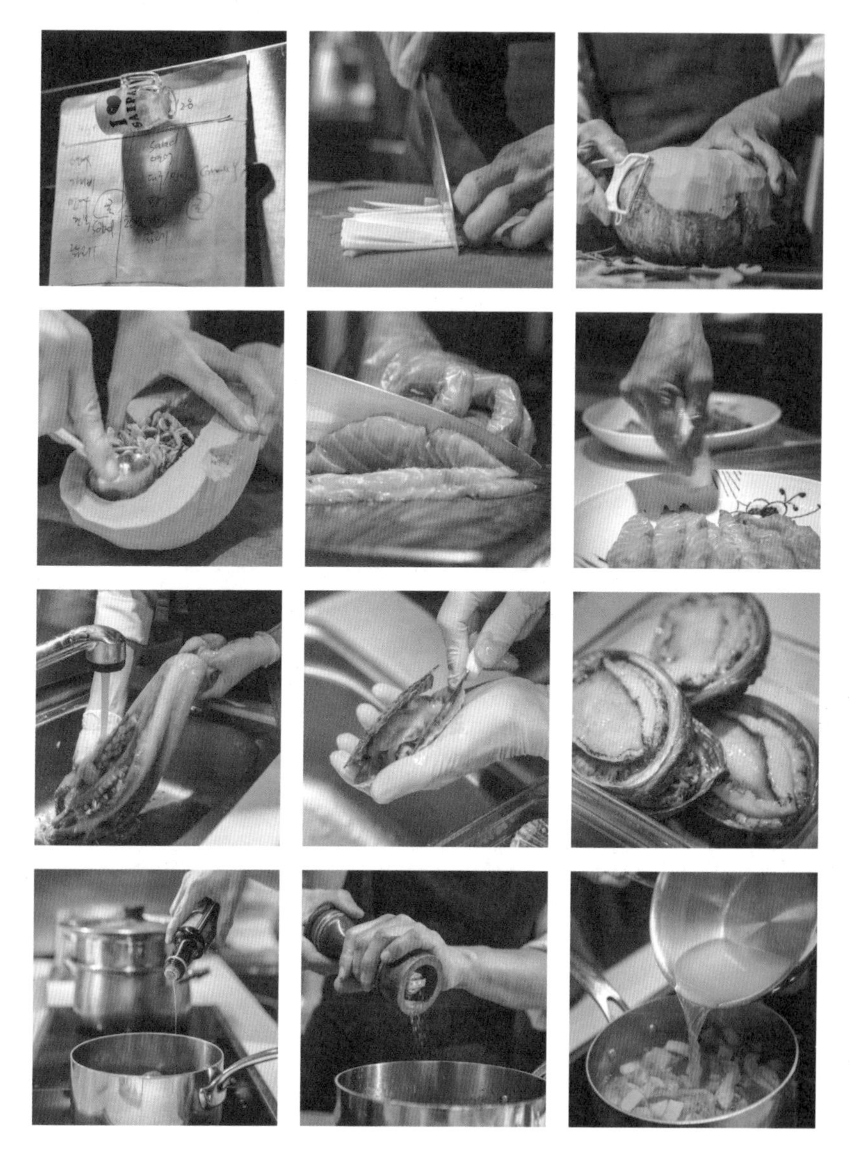
Salad

먹거리는 우리가 함부로 대할 수 있는 것도 아니고 한없이 섬길 대상도 아니다. 그저 경건하게 맞이하고 감사로 받아들이면서 즐겁게 누려야 할 대상이다.

공간에 대한 이수부의 캐치프레이즈는 "사람이 엮은 공간이 사람을 엮어주는 곳"이다. 편안한 느낌을 주고자 꾸민 공간이 사람들의 관계를 더욱 단단하게 엮는 곳이 되었으면 좋겠다는 바람에서다.

몸이 감정을 담는 그릇이라면 음식은 몸이 담기는 그릇이다.
그래서 두렵고 그래서 겸손해진다.
오늘 내가 나로 온전한가?
그 질문 앞에만 서면.

기억과 이야기를 남기는 공간

2

따뜻한 심야식당 같은 공간의 주인이 되고 싶었다

나는 처음 음식을 배울 때부터 내가 만약 가게를 열게 되면 마음 따뜻한 심야식당의 주인아저씨가 되고 싶은 꿈이 있었다.

비가 오면 드르륵 문을 열고 찾아갈 수 있는 그런 인간미 있는 식당 아저씨. 젊은 패기는 이미 역사 속으로 사라져 아무 흔적도 찾아볼 수 없지만, 그 주름 속 어딘가에 지난 젊은 날의 이야기가 숨어 있을 것 같은 데면데면한 음식쟁이로.

간단한 음식을 불에 얹는 매일 같은 메뉴지만, 왠지 거기에 가면 잠시 내가 나로 사는 것 같은 훈훈함을 주는 친밀의 공간에서.

보고 들은 얘기는 많아지지만, 임금님 귀는 당나귀 귀라고 아무리 떠들어도 그 말을 다 날려주는 대숲의 바람이 되어.

한 세상 살아가는 친구를 동반해도 좋고 혼자서라도 터벅터벅.

찾아갈 힘만 있다면 제 발로 찾아가 영혼을 달래줄 따뜻한 음식한 끼 얻어먹을 수 있는 그런 곳.

나는 그런 공간의 주인이 되고 싶었다.

사람들의 관계를 단단하게 엮어주는 곳
원테이블

무난하면서도 세련되고, 눈에 딱 띄면서도 동시에 어디에나 묻힐 수 있는 그런 편안함은 없을까?
품격과 캐주얼. 그 둘이 공존할 수는 없는 것일까?
캐주얼과 파인다이닝을 나누는 기준은 도대체 무엇일까?
공간에 대한 이수부의 캐치프레이즈는 '사람이 엮은 공간이 사람을 엮어주는 곳'이다. 편안한 느낌을 주고자 꾸민 공간이 사람들의 관계를 더욱 단단하게 엮는 곳이 되었으면 좋겠다는 바람에서다.
화려하진 않지만 질리지도 않는 음식 스타일은 그 공간에서 이루어지는 활동을 위한 관능적 수단이자 도구다. 소박한 가정집 같은 공간으로의 초대는 나눔을 위한 것이지 위압감을 주기 위한 것은 아니다. 그래서 그런지 우리 가게에 오시는 손님의 모임

형태는 편한 사이이거나 집으로 초대하고 싶은 사람 간의 교류인 경우가 많다. 가족 모임도 그렇고 오랜 선후배 사이도 그렇고 거의 모든 모임의 공통점은 서로 속속들이 잘 아는 친한 관계이거나 허물이 없는 사이라는 것이다.

마케팅에서 말하는 컨셉이라는 것이 "내가 손님에게 전하고 싶은 주장이 아니라, 손님이 스스로 그렇게 느끼는 것이다"라는 의미가 맞다면, "사람이 엮은 공간이 사람을 엮어주는 곳"이라는 나의 컨셉은 어느 정도 성공한 게 아닐까. 내가 주장하기도 전에 고객이 먼저 알아서 그에 맞게 공간을 쓰고 계시니 말이다.

우리끼리 오붓하게
작은 불편은 감수한다

원테이블은 그날 같은 사람들끼리만 오롯이 시공간을 점유한다는 점에서 특이하다. 장소가 사적이라고 해서 셀프서비스인 공간이 될 필요는 없지만 아무래도 작은 공간에서 혼자 일하다 보면 내가 일방적으로 모든 서비스를 제공할 수 없는 양해의 여지가 생길 수 있다.

세련되게 서비스할 사람이 따로 없이 시작했기에 '사람이 없으니까 오늘은 내가 호스트가 되어 도와주지 뭐' 같은 마음가짐으로 작은 수고는 손님이 기꺼이 받아주신다.

즐거운 무언가를 더 제공하겠다는 플러스적인 사고만이 아니라, 눈앞의 더 큰 불편을 제거해주는 마이너스적인 사고의 결과물도 서비스인지 모른다.

불편하게 느끼는 지점은 사람마다 그 수준과 정도가 다를 수 있겠지만 멀리서 오신 분에게는 반가움을, 자주 오시는 분에게는 편안함과 새로움을, 일상에 지친 분들에게는 오붓한 시간을 제공하는 것.

그것이 원테이블이라고 해서 뭐 그리 다를까?

예약제로
시간과 맛을 온전히 잡아둔다

예약만 받는다는 건 서로 약속을 하는 것이다. 변동이 생길 수는 있겠지만, 믿음을 기반으로 서로 지키겠다는 약속 말이다. 시간을 지켜주면 준비하는 사람은 신선한 재료로 보답할 수 있다. 미리 염지를 해야 하는 재료도 며칠 전에 준비할 수 있고 생물은 당일에 바로 가져올 수 있다. 하지만 그런 효율성의 문제 외에도 예약제에는 여러 이점이 있다.

일단 직접 전화를 해서 예약을 잡아야 하는데 어떤 손님이 오시는지 미리 알 수 있고 서비스를 하는 도중 불쑥 누군가가 들어와 어수선해지는 분위기를 막을 수 있다. 예약이란 지정을 전제로 한다. 원테이블은 공간을 점유하는 것이기도 하지만 시간을 독점한다는 의미이기도 하다.

음식에 대한 설명은
손님의 대화 앞에 물러선다

미니멀리스트 키친에서는 음식을 눈앞에 두고 길게 얘기하지 않았다. 손님이 물어보시면 더 자세히 만드는 방법 등을 설명해드리긴 하지만 보통은 그냥 주재료만 얘기해드리는 편이다.

이건 자연산 농어입니다.

이것은 문어입니다.

돼지고기 항정살입니다.

어떤 때는 아무 말도 없이 음식 접시만 식탁에 놓고 가는 일도 있다. 재료나 조리법에 대한 정보도 중요하지만, 그보다 손님이 나누는 대화의 흐름이 더 중요하다고 생각하기 때문이다. 음식을 먹으러 모인다는 것은 다양한 요구의 집합체이고 거기에는 목적의 우선순위가 있다.

공간과 대화, 그리고 음식.

이수부 키친은 공간을 호스트에게 빌려주고 음식은 바탕에 깔리고 대화에서는 물러선다. 식당이 아니라 집에서 주인이 단출하게 차린 음식이 즐거운 대화의 배경처럼 간간이 흘러 지나가듯이.

‘셀프’라고 불리는
방임형 서비스 모델

식당에서 손님이 직접 서비스를 하게 둔다는 것은 두 가지 뜻이 있다. 하나는 그의 취향이나 방식, 선택을 존중하겠다는 것이고 다른 하나는 고객의 목소리를 하나씩 다 들어서 헤아려주는 시스템은 만들 수 없다는 자기 고백이다. 안 듣겠다는 것이 아니라 듣고 싶어도 다 들어드릴 수 없다는 현실 인정이고, 일일이 다 들어드릴 정도로 서비스를 제공하는 사람이 넉넉하지 않다는 사업적 결단이다.

직접 참여하게 하는 서비스와 참여하지 못하게 하는 서비스, 둘 중 어느 것이 나을까? 한정된 자원을 갖고 있던 나는 손님의 관여도를 높이고 가능하면 손님이 직접 서비스에 참여하게 했다. 아니 정확하게 말하자면 서비스에 참여하는 수준이 아니라 손님 스스로 서비스를 하게 했다는 게 옳을 것이다.

음식은 내가 날랐지만 덜어 먹는 것은 손님의 몫이었고, 일찍 오시면 식탁 매트도 깔고 포크와 나이프를 세팅하고 와인을 따는 일도 직접 하셨다. 접시를 치우고 설거지를 하는 것 빼고 다 손님이 하는 셈이다.

처음부터 컨셉을 그렇게 잡은 건 아니었다. 개인적 한계를 전제로 이렇게 해주십사 부탁하는 모양새였는데, 신기하게도 시간이 지나면서 손님들이 그 모델을 이해해주시고 협조해주셨다. 다른 식당에 가면 가만히 앉아 있어도 직원들이 취향을 헤아려다 챙겨줄 텐데 미니멀리스트 키친에서는 기꺼이 손수 서비스를 해야 했다.

가끔 외식분야에서 근무하는 분들이 오셔서 "참 구조를 잘 짰네"라며 내 서비스를 컨셉으로 정의하려 하신다. 그러나 처음부터 의도했던 게 아니라, 그냥 어찌하다 보니 자연스럽게 정착된 것이기에 나는 그저 수줍은 미소만 지을 뿐이다.

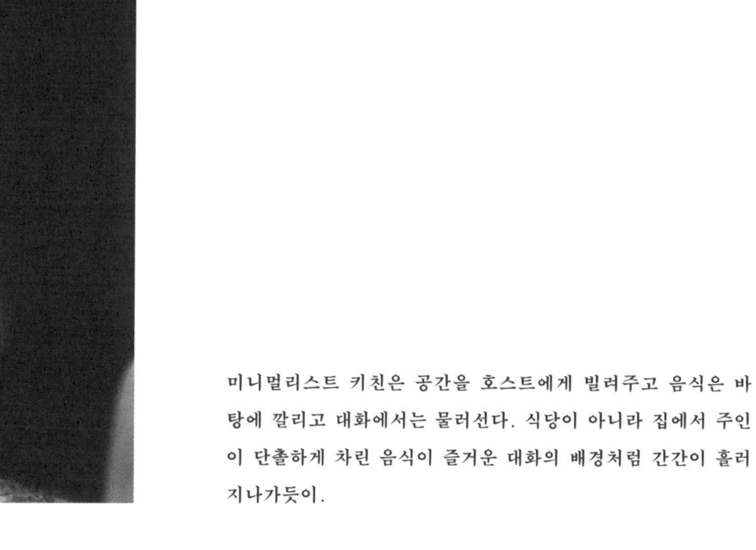

미니멀리스트 키친은 공간을 호스트에게 빌려주고 음식은 바탕에 깔리고 대화에서는 물러선다. 식당이 아니라 집에서 주인이 단출하게 차린 음식이 즐거운 대화의 배경처럼 간간이 흘러 지나가듯이.

기억과 시간이 쌓이면서 둥글어지는 공간

세상 전부가 어둠일 때 빛은 원죄일 수 있다. 빛이란 혼돈의 끝처럼 보일 수 있지만 어둠 속의 작은 노이즈일 수도 있다. 빛과 어둠이 있다는 건 중심과 주변이 있다는 것이고, 강조해야 할 것과 숨길 것이 있다는 것이다. 빛은 그렇게 색깔이 되어 공간에 퍼져나간다.

모나서 눈에 뜨일 것인가?

둥글어서 묻어갈 것인가?

모나면 오래 기억되기 쉽지만, 호불호가 있을 수 있고 둥글둥글하면 눈에는 안 띄고 기억도 잘 안 남을 것이다. 크게 튀지 않으면 빈 공간에 가까워져 이후의 변형이나 다듬어나갈 수 있는 여지가 더 생기고, 색깔이 분명하면 거기에 일하는 사람은 물론 손님도 다 맞추어야 한다. 인테리어의 가변성은 곧 공간이 비어 있음을 나타내는 척도이기도 하다. 극단적으로 페인트만 칠하고 아무것도 안 하면 반대로 내부가 더 드러난다. 작업대, 냉장고, 주방 공간의 소품들까지.

미니멀한 인테리어는 단순히 줄이는 것이 아니라 시간이 지나면서 다듬어져 가는 것이고, 밥을 먹는 공간이니만큼 최대한 편안한 것이어야 한다. 밥이 중심이니 가능하면 식탁으로 시선이 집중되고, 주변부는 강렬한 인상을 남기지는 못하더라도 구성의 간결성과 기능적 연계성, 색의 일관성을 통해 부족한 면이 잘 드러나지 않기를 바랐다.

주방이 다이닝 공간 안에 들어와 있으므로 분위기를 해칠 우려가 있었다. 메탈 느낌의 주방 자재가 주는 차가움을 극복하기 위해 일반적인 마감재 위에 다시 원목을 얇게 잘라서 붙였다.

둥글다는 건 단순히 모가 나지 않는 게 아니라 세월에서 얻어지는 자연스런 부드러움이어야 했다. 하루하루 고객과 나눈 기억들이 쌓여야만 그만의 공간으로 자리 잡아갈 수 있을 터였다. 텅 비어 있지만 허전하지 않은 시작이길 바랐다.

그 최초의 의도 때문인지 미니멀리스트 키친의 운영자는 늙어

가도 공간은 낡아지지 않고, 연륜의 부드러움으로 손님들에게 편안하게 다가가고 있는 듯하다.

인테리어가 만남의 배경이 되는 식당이라는 공간에 반영된 설계자의 의도이자 상호작용의 결과물인 것처럼.

이 레스토랑은 왜 간판이 없어요?

"그런데 여기는 왜 간판이 없어요? 발렛(ballet) 서비스도 없고?"
가게 앞에서 차로 한두 바퀴 돌던 손님이 들어오시면서 툴툴 혼잣말을 하신다. 간판도 없고 커튼도 거의 내려져 있어 찾아오기 불편한 데다 주차장도 없으니 말이다. 적어도 식당을 하려면 방문객이 찾을 수 있게 최소한의 예의는 갖춰야 하는 거 아니냐고 정중하게 물으시는 셈이다.
처음 이 장소로 옮길 때 지금 이수부 자리는 문방구였다. 지금은 자리를 옮긴 주민센터를 바라보고 있어서 도장도 파고 복사도 하던 할아버지가 운영하시던 문구점이었는데 푸른색 바탕에 흰색 글씨로 문.구.점. 이라고 크게 쓰여 있었다.
새로운 간판을 달려면 250만 원가량의 지출을 감당해야 했고 간판을 고정시키기 위한 철물을 박으려면 주인의 동의를 얻어야 했다. 주인은 건물에 구멍을 뚫거나 못 박는 것을 싫어했는데 나도 건물을 상하게 하면서까지 돈을 들여 장식을 하고 싶지는 않았다.

그래도 문방구 간판보다는 아무것도 없는 게 낫지.

간판이야 나중에 필요하면 달면 될 터이고.

그렇게 결정한 이후로 이수부는 간판 없는 식당이 되었다. 작게 간판 하나 달지 그러느냐, 옆으로 튀어나오게 장식적인 철제 간판을 달아라 등등 여러 제안이 많았지만 가게는 그대로이다. 아는 손님만 오기 때문에 간판을 굳이 안 다는 것이기도 하지만.

따스한 배려의 온기가 서비스의 전부다

식당에서 하는 서비스는 우리말로 무어라 불러야 할지 모르겠다. 배려라고 해야 하나? 단순히 나르는 것이라고 규정하기에는 너무 범위가 작고 손님에게 즐거움을 주는 행동이라고 하기엔 지나치게 고객 의존적이다.

예전에는 서비스라는 용어가 아랫사람이 윗사람한테 해야 하는 무조건적인 복종의 의미가 약간 있었던 것 같다. 안 되는 것도 들어주고 어떻게든 되게 하고. 그렇게 각자의 입맛에 맞춰주는 것을 시대가 바뀌면서 맞춤(customized)이라는 용어로 달리 부르기도 했다. 여전히 공급자 중심이 아니라 수요자 중심의 사고였다. 살아남으려면 그래야 했을지도 모르고 조직에서 그렇게 가르쳤는지도 모른다.

이제 세월이 흘렀다. 방송 등에서 전문적으로 비춰지는 셰프의 활약도 있을 것이고 직업에 귀천이 없다는 교육의 결실인지도 모르겠지만 시대가 바뀌어 이제는 책임 한계를 명확히 하고 친절과 과도한 서비스의 차이를 점점 구분해 가는 느낌이다.
젊은 세대가 만들어가는 서비스모델은 더욱 그렇고 선이 확실하다. 야박하다 싶을 만큼 시간과 비용에 있어 양보가 없다. 인력 부족도 영향이 있겠지만, 공급자가 자기가 설계한 서비스모델 안에서 자기 프레임으로 승부하겠다는 생각이 명확하기 때문인 것 같다.
내가 주인이니 무한 감정노동 따위는 내 사전에 없다. 뭐 그런 느낌이다. 멋지고, 한편으로 그 당당함이 부럽다.
그러나 세상이 아무리 바뀌어도 돈을 받는 사람으로서의 감정노동은 그대로 남아 있을 테고, 남의 밥을 챙겨주는 사람으로서의 책임감은 또 별도로 존재한다. 따스한 배려가 주는 감동은 돈으로 사고팔기 어려운 것이기도 하거니와 사고팔 수 있다고 해도 늘 느낄 수 있는 것도 아니다. 서비스라는 단어가 가진 책임과 역할의 한계는 점점 명확해지고, 온라인과 배달의 성장은 그런 당당함에 더욱 힘을 보태고 있다.

가게를 얻어서 사람을 직접 대면하고 음식을 만들고 음식을 나르고 치우고 정리하는 일. 그 영역은 영원히 사라지지 않고 어딘가에 남아 있겠지만 나날이 변해가는 외식 풍경에는 눈이 휘둥그레진다.

따스한 배려. 알아서 챙김.

그저 이 기본 마음가짐을 잃지 않는 게 세상 모든 식당이 할 수 있는 최선의 서비스이다.

절대 손님을 이기려 들지 않는다

"그건 제가 알기로는 이런 것 같더라구요……."

아무리 공손히 얘기해도 서비스 언어에는 맥락과 타이밍이 있다. 옳기 때문에 옳은 정보로서 가치가 있을 때도 있지만 어떤 정보는 아무리 옳아도 가치가 없을 수 있다.

호스트가 시작한 말의 의도를 서비스는 무조건 따라가야 한다. 정보의 정확성 여부는 두 번째 문제다. 정보가 맞는지 아닌지는 시간이 지나면 저절로 밝혀질 일이고 설령 밝혀지지 않은 채로 묻혀 넘어간다 해도 크게 상관은 없는 일이다.

감각이든 지식이든 경험이든. 자기 것을 맥락 없이 드러내려고 하면 실수가 생기기 마련이다. 서비스맨의 말은 그래서 조심스럽다. 결정적일 때 잘하면 매력이고, 유창하게 잘하면 본전이고, 서툴게 나서면 산통 다 깨는 일이다.

칼을 잡은 사람은 먼저 듣는 귀가 제일이다. 모르면 웃고, 아는 것도 확신을 가지고 얘기하지 않아야 한다. 서비스는 진리를 따지는 곳에서 이루어지는 행위가 아니다.

고객이
직접 음악을 선곡하게 하는 이유

"이제는 우리가 헤어져야 할 시간, 다음에 또 만나요~!"

아주 아주 오래된 얘기지만 경양식 집에서 아르바이트를 한 사람들 중 일부는 매장에서 손님이 늦게까지 집에 안 가고 자리를 차지하고 있으면 이 노래를 틀곤 했다. 헤어져야 할 시간을 알리는 시그널이자 보람찬 하루를 마감해야 하는 아르바이트생의 노동요이기도 했다.

음악은 시간을 가르고 시간은 음악을 품는다.

음악 안에는 자기만의 시간이 숨어 있다.

음악은 공간에 시간성을 부여하는 울림이자 떨림이다.

어떤 음악을 듣고 있으면 우리는 자연스럽게 그 음악을 따라 그때의 시간 속으로 들어가게 된다. 그 소소한 이야기를 통해 어느 시점, 어느 인물, 어떤 사건과 만나게 된다. 1990년대 노래를 듣다 보면 그때의 사건과 시대상을 배경으로 한 추억이 돌아가게 되고 요즘 핫한 노래를 들으면 이 시대의 감성에 젖어 들게 된다.

"맞아 그땐 그랬는데. 그런 것도 있었지……'

음악을 가만히 듣고 있노라면 잠시 화제가 딴 데로 가기도 하지만 탈선은 그 자체로 몰입의 증거다.

이 음악을 듣던 당시의 나는 시간이 흘러 지금 여기에 왔는데 그 시대를 풍미하던 그 인연들은 지금쯤 다 어디서 무얼 할까?

음악은 그렇게 추억과 시간을 불러오는 일종의 의식이다.

일반적으로 주어진 식음 공간에서 배경음악이 하는 일은 긴장을 완화시켜주고 다이닝에 어울리는 분위기를 연출하며 음식에 집중하기 좋은 편안한 마음 상태를 만들어주는 데 있다. 하루에 한 테이블만 받는 구조는 고객의 음악적 관여를 높이는 데 유리한 구조다. 원래 자체 음악 선곡 능력이 없어서 시작된 일이지만 가능하면 음악을 고객이 원하는 대로 선곡하시라고 부탁드린다. 직접 블루투스를 연결해서.

엠프나 스피커 시스템은 그리 훌륭하지 않지만, 음악이 연결되면 나는 선곡에 대한 부담으로부터 자유로워져 음식에만 집중할 수 있고 덤으로 내가 평소에 듣지 않던 음악도 접할 수 있다. 그때가 바로 이수부 키친이라는 상업시설이 고객이 설정한 시간을 타고 사적 공간으로 자리매김하는 순간이다.

음식이 나오고 내가 즐겨 듣는 익숙한 음악이 나오고 좋은 사람과 와인과 대화가 있다면 삶은 얼마나 아름다운가? 우리는 가끔 팍팍한 이 도시 안에서 잠시 즐거운 여행자가 될 수도 있고 자유로운 이방인도 되고 DJ도 될 수 있다. 때로 고객의 관여는 서비스 책임의 전가가 아니라 취향의 존중이자 물러섬이다.

마음이 붙든 시공간의 좌표
식당은 기억이 된다

"저를 기억하실지 모르겠지만 저희는 이수부에서 상견례를 했었고, 지금은 미국에 와서 아이 낳고 잘살고 있는 부부입니다. 오늘이 결혼 2주년인데 그날의 기억이 떠올라서 문자 드립니다. 멀리 있으니 갈 수는 없지만, 다시 한국에 돌아가면 꼭 가고 싶은 곳이니 부디 그 자리에서 오래오래 해주세요."

어느 날 이런 문자를 받으면 일에 파묻혀 있던 감성이 잠시 고개를 든다. 삶이 늘 만족스러운 것은 아니고, 여러 상념이 뒤엉킨 일상을 보내기도 하지만 나의 움직임이 어떤 이의 인생에서 기억에 남는 한 장 사진의 배경이 되기도 하는구나. 식당이 누군가의 가슴에 기억으로 남는 건 인생의 모멘트가 되었던 그 시공간을 그의 마음이 여전히 붙들고 있다는 얘기다. 밥을 짓는 사람으로서 가장 고맙고 책임을 느끼게 되는 순간이다.

직접 만날 수 없는 고객에게 페스토를 판매하다

1년에 이수부에 올 수 있는 사람이 얼마나 될까?
어느 날 문득 그런 계산을 해봤다. 하루에 5명씩 매일 온다고 해도 360일이면 1800명. 실제 영업 일수 감안하고 단골손님 빼고 하면 1년에 미니멀리스트 키친 이수부에 오시는 분은 한 1천 명 정도 될까.
오시고 싶어도 여러 사정이 있어 못 오시는 경우가 대부분이다. 미리 예약해야 하는 불편도 있고 예약에 필요한 최소인원도 있고 서로 일정을 맞춰야 하고 가격이 싸지도 않고 그렇다고 분위기가 아주 고급스럽지도 않다.
식당 문을 열고 오래지 않아 식전빵에 내는 페스토가 맛있다고 판매를 해보자는 제안을 받았다. 올리브 오일 대신 빵에 발라 드시라고 만든 거였는데 어떻게 알고 오셨는지 신기했다.

그렇게 K사의 온라인 스토어에서 페스토 판매가 시작되었고, 지금은 N사의 플랫폼에서만 온라인 판매를 운영하고 있다. 직접 방문하지 못하는 분들이 경험할 수 있는 접점을 만들고자 시작한 것이라 판매용이라고 품질이 다른 것은 없었다. 생산한 다음 날 배달된다는 것만 다를 뿐.
매일매일 같은 걸 만들다보니 맛의 차이에 대해 예민해졌다. 결국 그 페스토를 잘 만들어보려고 스페인에서 직접 유기농 올리브 오일을 수입하게까지 되었다.
처음엔 개인의 확장된 경험이라고 생각했지만, 시간이 지나면서 그 경험을 통해 이수부를 인지하게 되는 분들도 생겨났다. 판매가 이루어지면서 생긴 자연스러운 홍보 효과였다.

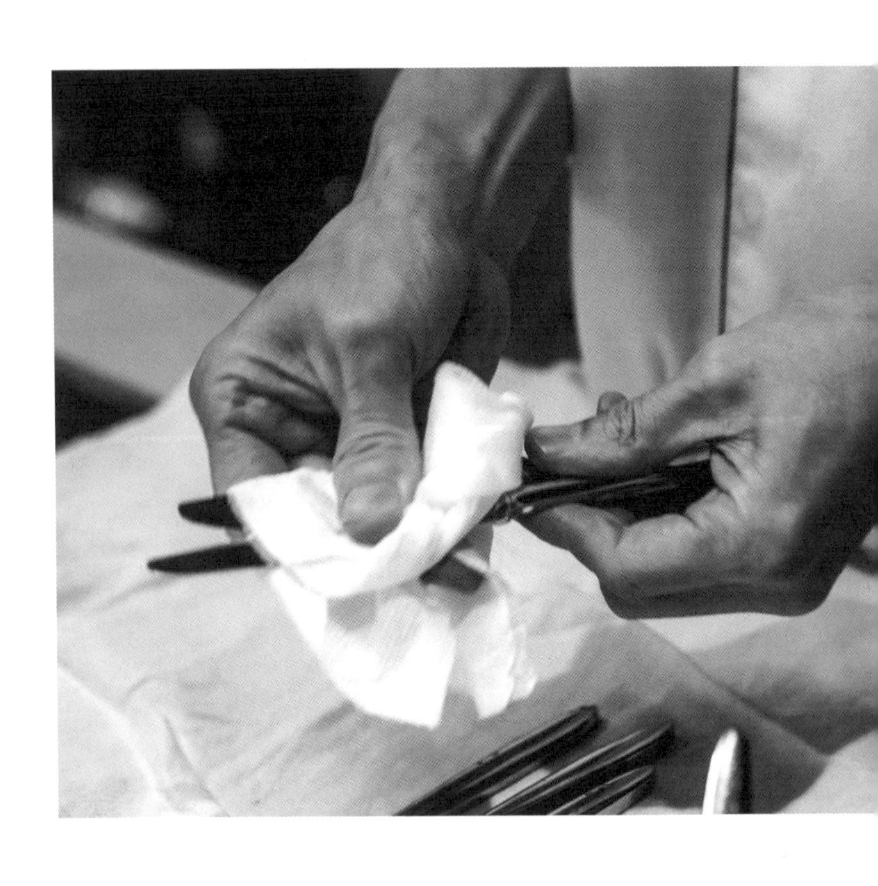

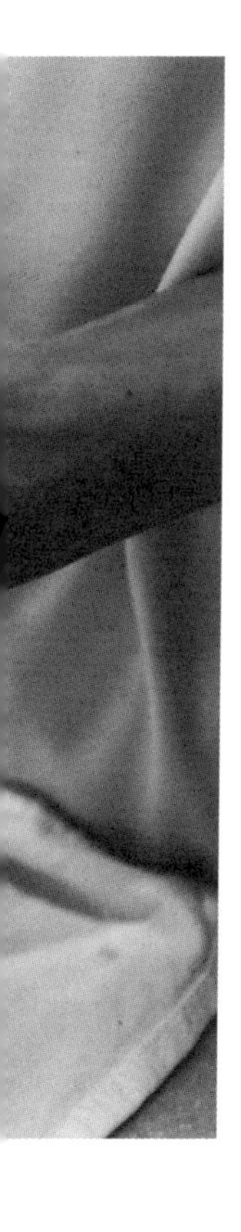

손님이 서비스를 마주하는 그 순간까지 내 감정이 싱싱한 재료의 그것처럼 흐트러짐이 없었으면 하는 바람이다. 늘 온전할 수는 없지만 그렇게 삼가고 조심하는 마음이 나만의 레시피라면 레시피다.

꾸준함을 만드는 에너지
삶의 루틴

SNS를 하게 된 것은 참 우연한 계기였다. 초를 판매하기로 마음을 먹었을 때 홍보에 필요한 SNS 활동을 해야 하는데, 내가 그런 것에 익숙하지 않다고 하니까 한 지인이 "그럼 도대체 어떻게 광고를 하겠다는 거예요?"라며 일갈을 하던 기억이 난다.
음식을 한다고 접시 위에 올라가 옷을 벗는 느낌이었다.
SNS에서 자신을 알리는 일은 어찌나 낯설던지…….
하지만 꾸준한 움직임은 그 자체로 에너지를 가진다. 숨어서 보는 사람도 있고, 가끔 내가 조용하면 가게를 찾아주시기도 한다. 무엇보다 SNS를 통해서 얻은 가장 큰 소득은 매일 무엇인가를 써야 한다는 강박이 생긴 것이다. 특별히 상업적인 용도보다는 하루하루 식당 안에서 내가 느낀 단상들을 기록하는 자유로운 형식의 일기처럼 사용한다. 그것이 평범한 일상을 더욱 예민하게 하고, 자꾸 메모하는 습관을 들게 했다.

시작의 수준은 중요하지 않다. 거기서 기쁨과 생의 의미를 하나 더 찾는 데 있다. 유튜브는 왜 안 하세요? 그렇게 충고해주시는 분도 많다. 다만 이젠 내 관습으로 판단하지 않고 기회가 될 때 조금씩 시도해볼 것이다.

관성에 사로잡혀 굳어만 가는 자신을 일깨우기 위해. 내가 모르는 미지의 세계와 그 세계에서 기다리고 있을지도 모를 그 어떤 만남을 위해.

매일 밥을 지으며
내 몸과 이웃에 공덕을 짓는다

말에는 영혼이 담겨 있고, 먹거리에는 많은 말들이 매일 쓰인다. 밥을 먹는 일은 그래서 혼을 잇는 일이다.
동사는 그 말을 쓰는 사람들의 정서다. 우리는 동사가 끌고 다니는 뒷말을 통해서 과연 우리가 행위를 어떻게 바라보는지 역으로 돌아볼 수 있다. 한식에 등장하는 말을 되새겨보면 음식에 대한 우리 정서의 끝자락을 만날 수 있지 않을까 하는 생각을 오래전부터 해왔다.
밥을 짓는다는 말이 있다.
짓는다.
집도 짓고 죄도 짓고 밥도 짓고 공덕도 짓는다. 짓는다는 말 속에는 시간을 훑고 지나간 동작의 흔적이 있다. 지은 것은 되돌릴 수 없다. 밥을 잘 못 지었으면 다시 해야 한다. 아까워도 할 수 없다. 그것이 짓는다는 동사의 의미다. 거기에는 완성을 향한 명확한 방향성도 존재한다. 목표가 있고 끝이 있다는 것이고, 그 목표를 본인이 알고 시작했다는 뜻이다. 단순히 묶어서 모았거나 만나게 하는 것이라면 짓는다는 말은 잘 어울리지 않는다. 짓는다는 것은 행동하는 주체의 적극성과 책임이 강조되는 단어다.

짓는다는 말에는 그저 한두 번, 한순간에 끝나는 일이 아니라 하루하루 쌓여서 만들어지는 변화 가능성의 의미도 들어 있다. 우리는 매일 밥을 지으며 이웃과 내 몸에 공덕을 짓는다.

짓는다는 행위가 나눈다는 행위와 맞닿게 되는 건 얼마나 놀라운 일인가?

타성을 저지하고
에너지를 샘솟게 하는 일상을 발견하기

"그 시간 있으면 차라리 고객관리나 하세요. 인건비 생각해봐요. 낭비야 낭비."

장을 보러 매번 시장에 간다고 하니 식자재 유통을 하는 지인이 해준 조언이다. 반대로 저녁 장사만 하는 나를 보고 "하루에 한 테이블만 받으세요?"라고 물으시는 분도 있는데 그 이면에는 '참 널널하게 사시네'라거나 '돈 되긴 힘들겠네'라는 판단이 있을지 모르겠다.

자영업자들이 가장 많이 하는 실수가 자기 인건비를 계산하지 않는 것이다. 나도 창업할 때 그랬다. 보통 창업 전에는 조직을 떠나 일시적으로 쉬는 경우가 많은데, 실제 돌아다녀보면 사람의 생활이라는 게 숨만 쉬어도 돈이 들어간다는 걸 깨닫게 된다. 신기한 건 그런 자각이 생긴 상태에서도 창업 설계를 하고 돈을 지불하는 단계에 들어가면 내 것이 생겼다는 기쁨에 도취되어 일을 하는 자기 자신에 대한 인건비 계산은 쉽게 빠뜨리게 된다는 것이다. 인건비는 시간에 대한 자기 몸값이다. 처음부터 계산에 넣지 않고 저절로 돈이 벌리는 대박은 현실세계에서 잘 없다. 그럼에도 나는 왜 발품을 팔아 시장에 가는가? 거기에는 다듬어지지 않은 민낯 같은 삶이 있다. 시장 안에는 만남과 웃음과 다툼과 울음이 공존한다. 그들의 에너지는 가끔 익숙해지는 타성에 경종이 되고 위안이 된다.

즐거움은 샘물처럼 어딘가에서 솟아나야 한다.

마르지 않는 수원 하나는 갖고 있어야 한다.

시장에서
관계의 중요성을 배운다

흔히들 시장의 풍경은 뭔가 깔끔하지 않다는 인식을 갖고 있다. 시장에서 물건을 파는 사람의 복색도 허름할 때가 많다. 그래서 인지 겉모습으로 시장 사람들을 얕보는 경우를 많이 보았다. 하지만 현실은 다르다. 어디나 부침은 있게 마련이겠지만 시장을 둘러싸고 수없이 많은 사업자들이 먹고살고 있으며 그들은 넉넉한 경우도 많고 자기만의 안목과 전문지식, 권한을 가지고 있다. 그러니 시장에서 내가 물건 조금 사주는 사람이라고 '고객이 왕이다'라고 생각하면 큰 오산이다.

이미 충분히 거래처가 있는 상인에게 고객으로 인정받기도 어려울 뿐 아니라, 고객이 되었다고 해도 겸손하지 않은 사람에게 잘 해줄 이유가 없다. 내가 그 집의 큰 고객이 아니면서 좋은 물건을 사고 싶다면 부지런을 떨거나 매달려야 한다.

"저 여기 왔어요. 저 좀 잘 봐주세요."

"앞으로 자주 보게 될지도 모르니까 잘 좀 해주세요."

"지금 제 고민을 해결해주시면 그 고마움은 단골이 되는 걸로 갚을게요."

이런 사정을 하며 어떻게든 눈도장을 찍고 존재감을 드러내야 한다. 주전부리 정도지만 가끔 맛있는 것도 사다 드리고 인간적으로 대하면 더 가까워질 수 있다. 그렇게 얽히고설키다 보면 어느새 시장이라는 가격 구조 안에서 서로를 인정하면서 배려하는 관계가 생긴다. 가격이 오르거나 내리거나 상관없이.

공간을 채우기 위한
보이지 않는 준비, 심(心)테리어

음식 장사는 실물을 기반으로 한다. 밥을 먹는 공간이어야 하기 때문에 안전하고 쾌적하고 편안해야 한다. 그런 느낌을 전하기 위해 사람들은 외관 꾸미기(outerior)와 실내 꾸미기(interior)를 한다. 인테리어와 아웃테리어가 사람들의 발걸음을 붙잡는 드러나는 실물이라면 그 공간을 채우는 것은 마음을 가다듬고 멘탈을 유지하는 자기관리의 영역이라 부르고 싶다. 마땅한 용어가 없으니 내 멋대로 심(心)테리어라고 부르기로 했다.

칼을 잡기 전에 마음을 씻는다

예약이 있어 시장에 재료를 사러 가는 아침은 감정적으로 중요하다. 시장에는 생명력이 있다. 장을 보는 것은 갇힌 일상에서 해방되는 여행 같은 즐거움이 있다. 그러나 시장은 양의 논리가 지배하는 곳이다. 정찰제가 아닌 이상 상거래에는 보이지 않는 기 싸움 같은 것이 있어서 거래처로 인사를 받으려면 기본적으로 일정 물량을 사줄 구매력이 있어야 한다.

움직인 거리만큼 긍정의 에너지를 얻기도 하지만, 장을 보다가 화도 나고 당황스럽고 불쾌한 경우도 생긴다. 적어도 가게로 돌아와 그 재료를 만질 때만큼은 펄떡거림만 남고 헝클어진 인간의 감정은 재료에 전달되지 않기를 마음속으로 바란다.

꼭 시장에서가 아니더라도 세상일로 마음이 산란스런 날은 아무것도 안 하고 싶다. 내가 온전한 몸이 아닌데 그 몸으로 무슨 음식을 하나 싶은 마음이 올라온다. 예약을 미리 받았고 손님이 올 시간은 어떻게든 째깍째깍 다가오게 마련이니 헛된 기대는 버리고 나는 더 조심한다.

평정심 안에서 재료를 다루기 위해서는 일상의 습관이 도움이 된다. 특히 바닥을 쓰는 일은 청결 상태를 유지하는 것 이상으로 마음을 빗질하는 효과가 있다.

테이블에 냅킨이 있는지, 손 씻는 수전 옆에 종이타월이 있는지를 살피고 의자를 가지런히 놓고 전등을 켠다. 일렬로 줄을 맞춘 3개의 펜던트 불빛이 붉은 부빙가 나무에 반사되어 식탁에 온기를 더하면 마치 조명을 확인하는 리허설 전 무대처럼 쇼가 멀지 않았음이 직감되는 긴장이 펼쳐진다.

작동에 다소 시간이 걸리는 블루투스 스피커 전원을 넣고 주방으로 돌아와 핸드폰으로 음악을 틀면 비었던 공간에는 빛에 이어 소리가 은은히 배어든다. 전등과 음악을 미리 켜는 건 미리 피우는 향처럼 그 또한 공간에 스며들게 하기 위해서다.

하얀 조리복을 집어 들어 팔을 끼우면서 두 손을 중앙에 모으며 단추를 끼우는 행위는 "자 이제 일이 시작됐어"라는 긴장의 알림이자 저녁이 시작되는 일의 경계선이다.

손을 씻고 도마를 꺼내고 재료를 다듬고 썰고 볶고…….

일단 조리가 시작되면 이전의 상념들은 모두 뒤로 잠시 밀려난다.

인덕션에 불을 켜면 카메라에 불이 들어온 것이다.

감정까지 상하지 않고 싱싱하게 서비스하고 싶다는 마음

감정의 초기화 과정을 거치면서도 자꾸 치고 올라오는 앙금은 별도의 관심이 필요하다. 지적인 방식도 스트레스를 줄이는 데 효과적인데, 메모가 그중 하나다. 일이 점점 쌓여갈 때는 할 일을 메모로 적어서 머리를 비워주어야 다른 일을 처리할 공간이 생긴다. 그렇게 적고 나면 마치 숙제를 끝낸 아이처럼 마음이 좀 홀가분해진다.

마음을 괴롭히는 일이 내게 어떤 메시지인지를 빨리 알아차리고, 거기서 얻은 교훈을 한 단어나 문장으로 남기는 것은 그 스트레스를 멀리서 바라볼 여유가 있을 때 나오는 행동이다.

메모 쓰기를 일과로 하는 것은 무뎌지고 게을러지려는 본능에 대한 저항 같은 것이다. 자기를 가다듬을 수도 있고 몰랐던 나를 재확인할 수도 있다. 근육을 써서 행한 동작으로 몸과 마음이 일치된다면 그것은 일종의 의례다. 그 일상 속 의례는 거창한 형식 없이도 흐트러진 마음을 가라앉히고 새로운 시작을 만든다.
저녁 예약이 있는 날은, 다치지 않은 아침의 마음을 밤으로 가져가 접시에 담으려는 의식적 과정을 거친다.
손님이 서비스를 마주하는 그 순간까지 내 감정이 싱싱한 재료의 그것처럼 흐트러짐이 없었으면 하는 바람이다. 늘 온전할 수는 없지만 그렇게 삼가고 조심하는 마음이 나만의 레시피라면 레시피다. 비결은 눈에 보이지 않는다.
이것도 서비스 노하우라 부를 수 있을까?

모빌리티 시대,
외식 공간은 무엇을 해야 할까?

요즘 모빌리티(mobility)라는 단어를 자주 떠올린다. 외식업 내외부의 상황이나 변수에 따라 앞으로 장사가 더 힘들어질 거라는 걱정 때문이 아니라, 사람들이 서로 만나는 방법과 양과 질이 모든 면에서 비가역적으로 변하고 있다는 새로운 신호로 받아들여지기 때문이다.

성급한 판단일지 모르나, 모바일 세대인 젊은 층을 중심으로 관계가 소수화, 자기 중심화되는 것 같고 친밀도는 더 얇어지거나 아예 깊어지는 극단을 달리는 것 같다. 게다가 온 세상을 자기 손안에 화면으로 가지고 있으니 굳이 밖에 나가지 않아도 세상이 내게 걸어 들어오는 편의성 위에 모든 것을 다 얻을 수 있다. 굳이 멀리서 찾아와 만나지 않고도 모바일쿠폰으로 음식을 보낼 수 있고 정을 나눈다. 내가 내 발로 찾아가고 다가가 세상과 만나는 일이 줄어드니 취향은 더 뚜렷해지고 개인은 더 독립된 존재로 서 있게 된다. 멋지기도 하지만 외로울 수도 있다. 그 사이는 즐거움과 속도감, 공감이 채워준다. 모빌리티라는 단어는 더 널리, 더 자주 쓰이는데 실제 일상에서 개인의 활동은 더 보기 어려워지는 아이러니.

먹방이 유행하는 현상이 우리가 음식을 하는 주방에서 더 멀어졌다는 반증인 것과 유사하다. 그 아이러니가 하나의 사회현상이라면 쓸쓸하고 씁쓸하다. 전환의 기회도 되겠지만 걱정이 앞선다. 이 변화가 당장 가져다줄 생계의 문제 때문이기도 하겠지만, 그보다는 생계형 외식업을 하는 많은 분들이 이 변화를 감당할 만한 경험과 생각과 자세를 갖고 있는가 하는 걱정이 들기 때문이다. 남의 문제가 아니다.

자율주행차량 등 새로운 산업분야에서 나오는 모빌리티가 시장에 완전히 정착되기 전까지 시장은 어디로 갈까. 그때가 언제일지는 몰라도 도심에서 가게를 빌려 세금 내며 식탁을 깔고 손님을 기다리는 재래식 식당 비즈니스 모델은 계속 내리막길을 걸을 수밖에 없을 것 같다. 이 결과가 어찌 식당뿐이랴. 사람이 사람을 덜 만난다고 하면…….

대세는 정해졌고 방향은 분명해 보인다.

"가고 오지 못한다는 말은 철없던 시절에 들었노라."

낭만이 있던 시절에 유행하던 노래는 당시 경쾌하게 들렸지만, 가사는 사람을 곱씹게 했다. 팬데믹이 시작되었다.

비대면, 거리두기, 집밥, 혼밥, 배달시장, 밀키트.

온라인과 음식업은 어떤 관계일까?

새로운 과제가 생겼다. 나는 어느 방향으로 갈 것인가? 공유주방은 빨리 퍼져 초기 창업 비용은 낮아졌고, 이제 목 좋은 큰길보다 뒷골목 후미지더라도 배달을 하는 쪽이 훨씬 유리한 상황이 되었다. 공간의 의미에 기대어 비즈니스 모델을 만들고, 공간을 꾸미고, 그에 대한 대가로 월세를 내던 기존의 사업자는 새로운 모바일 시장의 폭발적 성장으로 인해 오히려 뒤처지는 후발주자가 되어버렸다. 순식간에 앞과 뒤과 바뀌는 순간이다.

불확실한 시대. 취향이 고정되고 형식에 갇힐 때, 그때가 제일 위험한 때다. 미래 공간 개념의 변화를 어떻게 해석할 것인가?

재료가 말하게 하는 조리법

3

모든 손맛에는 에너지가 숨어 있다

우리 말에는 손맛이라는 표현이 있다. 먹는 사람에게는 입맛이 있듯이 재료를 만지는 사람에게는 손맛이 있다. 한번은 외국인에게 영어로 한식에 대해 강의하는 장면을 지켜볼 일이 있었는데, 강의 도중 웃으면서 "Korean taste is hand taste"라며 콩글리시 같은 말을 재미나게 한 걸 본 적이 있다. 영어를 못하는 사람도 아니었는데 그렇게 얘기할 수밖에 없었던 것은 아마 손맛이라는 말의 뒤편에 있는 복잡한 개념들을 그렇게밖에 표현할 수 없어서였을 것이다.

손맛은 몸의 일부고 그 몸을 움직이는 것은 마음이 움직인 결과다. 손의 움직임이 마음의 결과라면, 마음의 시작은 마음 씀씀이다. 손맛에는 레시피로는 다 설명이 안 되는 무형의 에너지가 숨어 있다. 그 몸과 마음의 조합은 단순히 누구나 따라 할 수 있는 동작 이상의 의미를 갖고 있다.

음식에 정성이 담겨야 맛있다고 표현할 때, 우리가 알고 싶은 맛의 본질은 표준 레시피 속 활자에 있는 것이 아니라, 몸과 마음의 주인으로 사는 한 생명체의 마음가짐 안에 있다. 생명체는 맛의 주인이며 맛은 생명체의 호흡이 들어간 결과물이다.

손을 가진 '내'가 일할 때 그 맛의 주인은 몸과 마음의 주인공인 '나'일 수밖에 없다. 손맛이라는 단어는 우리에게 알려준다. 맛은 개인의 고유한 인체에서 나온 매우 주관적 속성이거나 그 속성이 담긴 결과물이라고.

만드는 사람 입맛에 맞게 간을 한다

흔히 한식은 표준화가 안 되었다느니, 정량화가 잘 안 되었다느니 하지만 그런 외부의 문제 제기에도 불구하고 여전히 '알맞게' 또는 '적당히' 간을 하고 양념을 넣고 비례의 기준을 잡는 데는 이유가 있다. '적당히'라는 말이 한식을 만드는 데만 쓰이는 모호한 표현은 아니다. 양식에서도 'to taste'는 적당히 자기 입에 맞게 간을 하라는 문구다. 차이가 있다면 'to taste'가 '자기 입'에 맞게 간을 하라는 주어 중심이라면, 한식의 '적당히'는 상황 중심적이라는 점이다. 재료와 재료의 비율, 도구를 포함한 주변 여건, 남들의 의견, 계절과 기온 등 모든 요소를 고려해야 하는데 현실적으로 그럴 수 없으니 적당히 하라는 것이다.

가끔 비판의 대상이 되는 한식의 비계량화는 이런 뜻이 함축된 표현이다. 창작자에게 주어진 폭넓은 권한 위에서 그때그때 조금씩 비율을 조절해야 한다는 뜻을 품고 있다. '적당히'는 상황 대처의 유연성을 단순하게 표현한 것뿐이다. 채소를 절여서 만든 김치의 종류가 그렇게 많고, 집집마다 그 맛이 다르고, 사람마다 다르고, 같은 사람도 만들 때마다 맛이 다른 것을 보시라. 만드는 사람 입에 맞게 간을 달리한다는 건 주재료의 수확철에 따라, 수분함량에 따라, 맛에 따라, 저장 기간과 용도에 따라 미묘하게 비율을 달리하는 것이다. 발효의 속사정을 일일이 다 알 수 없고, 시간을 두고 일어나기 때문일지도 모르겠다.

음식은
접시에 올려진 내 몸의 상태어이다

음식을 하는 사람은 늘 '나'이고 재료는 내 눈앞에 보이는 꺼리다. 나만이 느끼는 생리적 욕구가 있고, 신체적 갈증이 있고, 취향과 경험이 있고, 움직이던 근육의 쓰임새가 있다. 게다가 배워서 알게 된 조리법이 머릿속에 있다면 사람은 결국 자기가 좋아하는 음식을 만들게 되어 있다. 그것이 내 입으로 들어가려고 만든 것이든 남의 입으로 들어가는 것이든.

장을 볼 때도 그날 자기에게 당기는 재료를 고르게 마련이고, 같은 재료로 시작해도 그가 먹고 싶은 방식으로 조리를 할 수밖에 없다. 고객 한 사람 한 사람 다 만족시켜야 한다고 교과서는 가르치고 있지만, 자기 가게를 운영한다는 건 그가 내는 음식이 그의 모습을 닮아가는 일련의 과정이다. 모두를 충족시키려고 기준을 늘리면 일이 산만해지고, 다른 사람을 무시하고 자기 세계

관을 신봉하면 장사의 의미가 없어진다.
외식업의 고민은 바로 이 대목에 있다. 자기가 하고 싶은 대로 하다가는 왠지 시장에서 받아들여지지 않을 것 같아서 처음 창업하는 사람들은 혼란을 겪는다. 나의 입맛과 시장의 입맛이 서로 상충될 수밖에 없다면 답은 단순하다. 자기 입맛에 맞는 기준을 더 단단히 세워 세상에 널리 알리든지, 아니면 나를 버리고 시장에 맞추는 것이다.
기본을 잘 배워서 익히고 자기만의 원칙을 세우는 일은 혼돈 속에서 작업자가 특별한 감정 소모 없이도 자기 일을 반복할 수 있게 해준다. 귀를 열고 구하고 배우고 시장과 호흡하려고 하면서도 자기만의 색깔과 논리를 만들어야 하는 이유다.

몸과 마음
그리고 태도가 만드는 레시피

음식을 만드는 행복감은 재료를 만지는 사람이 누리는 일종의 권리다. 수고에 대한 보상이고 그 일을 계속하게 하는 힘이기도 하다. 그 행복을 누리기 위해서는 스스로 잘했다고 칭찬할 수 있어야 한다. 먹는 이의 칭찬도 중요하지만 만드는 이의 개인적 만족이 때로 훨씬 더 중요하다. 음식은 시작할 때부터 맛의 기준이 나일 수밖에 없기 때문이다.

손님이 맛있다고 해도 본인이 맛이 없으면 하루 종일 우울하고, 손님이 맛없다고 해도 본인이 간을 볼 때 맛있으면 마음이 덜 상하는 것은 그런 이유다.

사람의 몸은 늘 변하는 것인데 계속 바뀔지 모르는 자기 몸을 바탕으로 한 자기 기준이 왜 중요할까?

음식을 일로 하는 사람은 자기 행복을 걸고 도마 앞에 서지 않는다. 자기의 믿음과 기준에 따라 일을 할 뿐이다. 행복감은 그 감정 안에서 다른 것을 긍정적으로 다 포용해 낼 수 있는 몸의 상태를 말한다. 몸이 만족스럽게 준비되어 있으면 좋은 음식을 할 수 있다.

내 음식의 진짜 레시피는, 내 몸이고 내 마음이자, 관계에 대한 태도일지 모른다.

재료에 기대는
즉흥성과 긴장감도 동력이 된다

나는 보통 저녁 6시에 예약이 있으면 오후 4시부터 일을 시작한다. 사람들은 예약이 있으면 아주 일찍부터 준비를 해야 하지 않느냐고 묻는다. 하지만 나는 즉흥연주를 위해 매일 무대에 오르는 사람처럼 자기를 한계 상황으로 몰고 간다. 그 긴장감을 즐긴다기보다 그렇게 스스로를 몰아넣지 않으면 약간 늘어지게 된다는 걸 스스로 알기 때문이다. 즉흥적인 무대는 사람을 긴장하게 하지만 존재감을 확인시켜 주기도 한다.

예약에 맞게 재료를 준비한 상황에서 자칫 삐끗하면 벼랑으로 떨어질 수 있지만 늘 이 방식을 고수하는 건 한편으로 내가 고른 재료로 쌓은 성은 쉽게 무너지지 않을 거란 기대가 있기 때문이다.

'사람은 실수할 수 있지만 좋은 재료는 그래도 날 붙잡아줄 거야'라는 재료에 대한 신뢰 말이다. 좋은 재료에는 실수를 용납하는 여백이 있다.

손님이 보는 앞에서 조리한다는 것은 동작 하나하나가 부담스러운 일이긴 하다. 하지만 즉흥성이 주는 긴장과 집중력, 그리고 큰 무리 없이 코스가 끝났을 때 밀려오는 자기 효능감은 그 이전의 스트레스를 압도한다. 칼질을 처음 배울 때 칼날의 두려움과 긴장의 속도 사이에서 느끼는 압박이 업의 속성이라고 믿어왔기 때문일까?

보이지 않는 맛의 시작
밑간

작은 공간에서 혼자 일을 하다 보니 밑간이라는 공정을 살짝 분리하는 습관이 생겼다. 밑간이 무슨 대수고 그게 뭐 공정의 분리냐고 할 수도 있지만, 밑간을 하느냐 안 하느냐는 피니시가 가늘어도 길게 울려 퍼지는 와인처럼 작지만 중요한 요소다.

사람이 느끼는 관능적 짠맛이란 염화나트륨이 물을 만나 이온화되면서 나트륨과 염소로 분리되고 나트륨 이온이 혀에서 짠맛이라고 느끼게 해주는 구조다. 재료에 간을 미리 하면 삼투압이 작용해서 표면에서 육즙이 유출될 것이고 육즙이 빠지는 것이 싫어 간을 마지막에 하면 속 깊은 곳까지 간이 배기는 어려울 것이니 음식을 하는 사람은 상황에 따라 그 중간 어디쯤엔가에서 선택을 할 수밖에 없다.

밑간은 원재료의 두께와 그 재료를 언제 쓸지를 고려해서 시간

손님이 보는 앞에서 조리한다는 것은 동작 하나하나가 부담스러운 일이긴 하다. 하지만 즉흥성이 주는 긴장과 집중력, 그리고 큰 무리 없이 코스가 끝났을 때 밀려오는 자기 효능감은 그것을 압도한다.

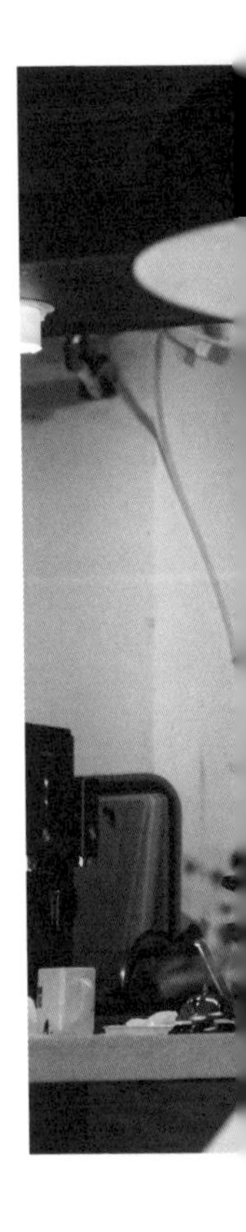

을 역산해 만드는 준비과정이다. 살이 두꺼울 때는 밑간 시간을 조금 더 앞당기고, 얇거나 살이 부드러운 고기는 불 앞에서 바로 간을 하는 것이 좋다.

육수를 내는 것은 밑간과 함께 중요한 밑준비 중 하나다. 보통 양파, 당근, 마늘, 후추 등 기본 재료에 토마토, 다시마를 넣고 채소로 국물을 내는 편이다. 국물은 한 시간 정도 내외로 끓이는데 셀러리 같은 것을 넣는 경우는 오래 끓일수록 한약 같은 쓴맛이 나서 적절하게 향만 입히는 데 쓰는 것이 좋고 다시마는 불을 끄고 우려낸다.

좋은 육수에서는 기분 좋은 향기가 난다. 그 맛이 모아져 소스가 되고 밥물이 되고 수프가 된다. 물기가 많은 재료들은 모두 육수의 다른 모습일 뿐이다.

소금과 후추에서 시작하고
소금, 후추로 마무리되는 시즈닝

이수부 키친에서 밑간의 재료는 소금과 후추다. Salt and Pepper는 처음 서양조리를 배울 때부터 레시피에서 계량 단위 없이 표기되는 필수적인 재료였다. 레시피에서는 앞글자만 따서 S&P라고 적을 정도로 빠지지 않으며, 개인적으로는 양식 조리법이 내게 물려준 가장 큰 유산이 소금 후추를 넣는 습관이 아닐까 싶을 정도다.

내가 음식에 주로 쓰는 소금은 3번 구운 죽염이나 쌀누룩에 정제염을 넣고 물을 넣어 만든 소금누룩 두 가지다. 후추는 세계에서 품질이 제일 좋다고 알려진 캄보디아산 유기농 후추를 쓰는데 은은하면서도 부드러운 꽃이나 과일 향이 난다. 페퍼밀을 뒤집어 그 미묘한 향을 코로 맡아보면 마치 와인을 마실 때처럼 감각을 집중하게 되고 그 차이를 느끼면 얼굴에 미소가 번진다.

죽염은 천일염을 대나무 통 안에 채워 넣고 고온에서 구워 소금 결정 안에 있는 간수가 자연스레 증발해버림으로써 깔끔한 짠맛을 내주는 재료다. 토마토를 포함해 각종 소스에 간을 하고 채소를 볶을 때 가장 널리 쓰는데 잡스러운 맛이 없고 깨끗하다.

깨끗한 맛보다 약간 감칠맛이 더 필요하다거나, 재료에서 수분이 빠져 재료가 염지액 절여지는 것 같은 느낌이 싫을 때, 재료의 질감이 단단해 소금간 자체가 잘 안 배어들어 차라리 겉에 드레싱처럼 묻어나는 게 좋다 싶을 때는 소금누룩을 쓴다. 소금누룩은 일본에서 유행했던 가공소금의 한 종류로 술을 만들 때처럼 쌀을 쪄 입국을 해서 쌀누룩을 만든 다음 소금물을 붓고 갈아서 만든 것이다. 죽염과 달리 액상 형태이기 때문에 잘 버무리면 간이 한쪽에 쏠리지 않고 골고루 퍼지기 때문에 나름의 장점이 있다. 쌀과 소금물이 들어가다 보니 실제 소금 비율이 그다지 높지 않아 저염식을 할 수 있다는 장점도 있다.

그러나 가루가 아니어서 손으로 한꼬집 넣듯이 간을 할 수 없고, 고기를 잴 때는 무게를 기준으로 계량해야 하니 저울을 꺼내야 하는 불편함이 있다. 손으로 간을 해온 사람에게는 손맛을 느낄 수 없어 아쉽긴 하다. 사실 소금은 매우 예민한 재료여서 손끝의 미묘한 감각의 차이로 짠맛이 결정되는데, 액상형은 흘러내리는 물성이다 보니 속도감 있는 음식을 할 때는 자칫 실수할 수도 있고, 특유의 감칠맛과 단맛 때문에 전체의 균형이 깨지는 일도 종종 생긴다. 소금 대신 소금누룩을 메뉴에 쓰려는 분들은 이런 점들을 미리 고려해야 할 것 같다.

움직이지 않는 채소에도
생명이 있다는 믿음

반복적인 일을 하면서 긴장과 불편을 감수하는 건 나를 위해서가 아니라 재료가 가진 생명력이 조리의 본질에 가깝다는 믿음 때문이다. 지금이야 4시 이후가 되면 양파를 썰어서 서비스 전에 미리 볶기도 하지만 몇 년 전만 해도 양파는 쟁반에 까 놓기만 하고 매번 음식을 할 때마다 썰어서 볶는 재료였다. 채소에 칼을 대면 그때부터 맛은 변화되기 시작하는 거라고 믿기 때문이었다.

과학적 논리는 제시할 수 없지만, 내 눈앞에 있는 양파가 비록 땅을 떠난 지 시간이 꽤 지났어도 여전히 생명력을 지닌 재료로 숨 쉬고 있다는 믿음 때문이다. 조리란 타인의 생명을 가져다 내 안에 들이는 것이다.

재료가
스스로 말할 수 있게 한다

소라는 살이 껍질에서 잘 빠질 정도로 7분가량 센 불에서 삶고 살만 발라 소금, 후추와 올리브오일, 바질, 핑크페퍼 정도만 장식으로 올리고 레몬을 살짝 짜준다. 닭은 염지를 미리 하는 것을 제외하면 오븐에서 16분 정도 굽는 것이 조리의 전부다.

시간뿐만 아니라 음식이 오븐에 들어가는 시작온도나 오븐에 설정된 온도와 재료의 위치, 재료를 까는 방법과 색을 보면서 온도를 조절하는 기량이 모여 닭의 구릿빛 껍질이 완성되는 것이다. 하지만 기본적으로 그 모든 동작은 닭 껍질에 있는 지방을 제거하기 위한 것일 뿐 닭 자체에는 소금, 후추 외에 별다른 조작을 가하지 않는다. 닭이 닭이고, 돼지는 돼지지, 색다른 것이 무엇이 있겠는가. 시장에서 내가 필요할 때 신선한 재료를 사는 것이 그저 내가 할 수 있는 전부다.

날음식보다는 가열조리를 선호한다

이수부 키친에서는 기본적으로 서양식 조리법이 근간을 이룬다. 서양조리 개념에서는 조리란 익히는 것을 주로 말한다. 날것과 익힌 것의 이분법적인 구조를 바탕으로 하는 클로드 레비 스트로스의 논리에 따르면 가열은 문명적인 것이고 날것은 야만적인 것이다. 석사논문을 쓸 때 이 모델을 통해 같은 논리의 틀로 우리 발효 식문화가 얼마나 뛰어난 것인지 비교해본 바가 있는데 석학의 프레임과 상관없이 날음식을 만들지 않는 것은 지극히 내 개인적인 취향이다. 조리하는 사람에게 위생이란 맛에 우선하는 가치인데 탈이 날 위험을 감수하면서까지 비릿한 바닷내음을 즐기는 편도 아니고 해산물을 많이 쓰지 않는 미국에서 음식을 배운 탓도 있다. 특히 여름이면 식중독 관련된 뉴스도 가끔 나오고 하니 그렇게 되었다.

서양에서는 식초에 담가 산에 의해 하얗게 단백질이 변성되는 것을 가열 조리에 빗대어 acid burn이라고 부르기도 한다. 식초에 절여 익었으니 완전히 날것도 익은 것도 아니라고 할 수도 있다. 이 산을 이용한 초절임 기법으로 가을 전어도 절여보고 청어도 절여보았지만 아무리 초에 절여도 등푸른생선이 가진 비린내 때문인지 큰 인기는 없었다.

연어는 사육과 관련한 뉴스도 있고 해서 지속 가능한 수산물 인증 연어가 있을 때는 썼지만 국내에 수요가 없다는 이유로 인증 연어의 수입이 중지된 이후로는 잘 쓰지 않다가 최근에는 연어를 각종 향신료와 소금, 코코넛 슈가를 넣어 직접 만든 염지에 며칠간 덮어 겉이 약간 꾸덕꾸덕한 느낌이 들게 그라브락스(Gravlax, 연어를 설탕, 소금, 딜 등으로 절여 만든 스칸디나비아반도의 요리)를 만들어보았다. 매장에서 늘 쓴다기보다 새로운 샐러드 메뉴에 얹을 재료로서의 가능성을 테스팅하는 정도이다.

손님이 드시는 와인과 어울리는 음식을 고민한다

한식에서 술은 보조처럼 보이지만 밥과 독립된 개체고, 고기를 위주로 하는 양식에서 와인은 하나의 음식이다. 저녁 식탁에 와인이 있는 이상 와인을 무시하며 조리를 하기 어렵다. 술에 맞는 음식을 하는 수밖에 없다. 물론 와인에 일방적으로 음식을 맞춘다기보다 술과의 조화로운 경험을 모색하는 것이다.

재료만 보면 새로운 조합이 쉬울 것 같지만 새로운 결합에는 늘 새로운 해결책이 필요하다. 조리하는 사람 입장에서는 새로운 재료를 통해 기존 메뉴에 변화만 주면 될 것 같지만 와인을 마시는 고객에게는 내가 마시는 와인과 잘 어울리는지가 중요하고, 나아가 그 조합이 새롭고 놀라운 경험이 될 수 있어야 한다.

이수부 키친에는 와인을 추천해주는 소믈리에가 없다. 어쩔 수 없이 와인의 전문성이 떨어지기 때문에 직접 와인을 가져오실

수 있게 하고 있다. 하지만 음식과 와인의 조합이 성공적인 경험이 되기 위해서는 음식과 와인이라는 개별적 요소에 대한 지식은 물론 치밀한 사전 준비와 조율, 조리하는 순간에조차 미세한 조정을 하는 순간적 응용력이 있어야 한다.

늘 마음으로는 와인과 잘 어울리는 음식을 준비해보겠노라고 다짐하지만 재료가 이미 정해져 있고 와인이 이미 선택된 상황에서 그 매칭이 딱 맞기는 쉬운 일이 아니다. 내세움만 있고 결과는 경험해보기 전까지 아무도 모른다. 어쩌면 그것이 와인을 마실 때 얻을 수 있는 새로운 만남의 설레임인지도 모르겠다.

간은 너무 짜지 않게
심심한 게 좋다

돌아보면 간이 많이 세지긴 했다. 처음에 오픈했을 때는 싱겁다 싶었는데 이제는 간을 느끼는 문턱이 좀 높아진 것 같다. 하지만 아직도 음식의 간이 비교적 세지 않다는 얘기를 많이 하신다. 내가 좀 싱겁게 하는 편이라고 말씀드리면 그래서 좋다고 하시니 다행이다.

맛은 감각이 만드는 경험이다. 간이 싱거워 자극이 떨어질 때는 다른 보조적인 방법을 추가하면 된다. 레몬을 짜서 신맛이 가진 자극을 더해주고 후추나 고춧가루의 화하고 퍼지는 매운맛으로 밋밋하다는 느낌을 제거해주거나 올리브 오일처럼 칼칼하면서도 알싸한 쓴맛도 도움이 되고 허브나 향신료의 고유한 향이나 쓴맛도 충분한 보조수단이 된다.

한식의 숨결을 담고 싶었던 초기 습식조리

초창기 이수부 키친에는 오븐이 없었다. 그래서 염지한 생선을 채반에 올려 증기로 몇 분 찌고 그 위에 소스를 끼얹는 형태의 메뉴가 많았다. 찜기는 기화열을 이용하는 조리법으로 열효율이 좋고 온도 관리가 쉬우며 일단 끓기만 하면 수증기가 100도씨에서 끓는 속성 때문에 열의 강도를 신경 쓰지 않고 시간을 재는 것만으로 재료가 완성되어 편리하고 건강한 방식이다.
팬이나 냄비에서 조리하게 되면 소리나 시각적인 변화를 통해 민감하게 반응해야 하는 반면, 찜은 시간이라는 물리량만 설정해주면 누구라도 조리기술의 편차 없이 같은 결과를 낼 수 있다는 장점이 있다. 또 오븐에서 마무리하는 메뉴와 마찬가지로 타이머에 설정해 놓으면 그 시간만큼은 마음 놓고 다른 일을 할 수 있다.

조리 시 수증기가 음식 위로 굴러떨어지기 때문에 재료가 촉촉하고 표면의 간이 싱거워지며 대신 바닥에 있는 국물이 자연스레 육수가 되어 졸이면 바로 소스로 쓸 수도 있다. 이렇게 만들어지는 소스는 자기 몸에서 나온 것으로 육수를 만드는 일체형 소스로도 쓸 수 있고 재료와 상관없이 따로 만들어진 분리형 소스로도 모두 적용이 가능하다.
오븐에서 굽거나 볶거나 튀기는 건식조리법을 줄이는 대신 수분으로 찌는 조리법을 양식 메뉴에 도입한 것은 습식조리를 위주로 하던 한식의 전통을 담고 싶은 마음에서였다.

공기가 매개가 되는 건식조리의 등장

찜은 여러 이점에도 불구하고 몇 가지 단점이 있다. 가장 큰 단점은 축축해 보이는 비주얼이고, 별도의 소스를 만들어 끼얹어 주어야 한다는 것과 집에서도 할 수 있는 음식이라 상업적 가치가 떨어진다는 것이다.

맛은 미리 간을 하면 괜찮을 수 있는데 뭔가 정성이 들어간 요리를 했다는 느낌이 안 들고 집에서도 할 수 있으니 업장에서 사 먹기에는 좀 모양이 안 난다. 특히 와인을 마시는 경우에는 재료가 약간 파삭하거나 짭조름하거나 물컹거리지 않아야 마시는 와인이랑 잘 어울린다고들 느끼는데, 찜통에 찌는 음식은 그런 조건을 맞추기가 좀처럼 쉽지 않다.

그런 고민을 하고 있던 차에 가게 인근 아파트에 사시는 분이 집에서 더 이상 안 쓰신다고 에어 프라이어를 선물해준 적이 있다. 습식조리에서 건식조리로 메뉴의 일부를 옮겨간 것은 오븐이 주는 바삭한 식감과 비주얼도 있지만 재료를 넣고 타이머만 돌리면 되는 그 작업의 편의성 때문이었다. 누가 옆에서 거들어주며 반 몫을 해주는 느낌이랄까.

하루는 그 기기에 치아바타를 갈아서 치즈와 소금, 후추, 마늘, 올리브 오일을 넣고 만든 옷을 입혀 생선을 구워봤는데 반응이 꽤 좋았다. 지금은 기름을 빼서 겉을 최대한 바삭하게 만든 닭과 함께 오븐을 활용한 이수부 키친의 대표 메뉴가 되었다.

시간이 지나자 에어 프라이어는 고장이 났고, 마침 베이킹을 하시던 선생님이 쓰던 오븐이 남는다고 하여 지방에서 공수해와서 빵을 데우는 것부터 쓰기 시작해 지금은 두루 쓰고 있다.

불맛의 부재(不在)와 새로운 열원, 인덕션

인덕션은 첫 번째 가게를 접고 두 번째 가게로 옮기면서 주방을 설치할 때 디포 인덕션에서 3구짜리로 특별히 주문 제작한 것이다. 전도에 의해 열이 팬이나 냄비에 전달되는 방식에서 인덕션이라는 새로운 시스템에 적응하는 데 몇 달이 걸렸다. 기계가 표시해주는 불의 세기 5가 가스불로 어느 정도이고 가스와 어떻게 다른지 처음엔 감이 잘 안 왔다. 자칫 가스를 쓸 때의 느낌으로 불을 올리면 금세 타버리고 위로 올라갈수록 온도가 올라가는 속도가 빨라지는 느낌이었다.

원하는 불의 세기를 맞추는 작업은 큰일이었다. 하지만 인덕션의 장점은 에너지 효율도 높고 무엇보다 가스에 비해 주방 내 공기의 질이 훨씬 깨끗해지고 불연소된 가스를 다시 들이마실 필요가 없다는 점이다. 보통 조리할 때 나오는 가스의 많은 부분

좋은 육수에서는 기분 좋은 향기가 난다. 그것이 모아져 소스가 되고 밥물이 되고 수프가 된다. 물기가 많은 재료들은 모두 육수의 다른 모습일 뿐이다.

은 재료가 직접 불을 만나서 나오는 것이 아니라 눌어붙어 있는 가장자리가 먼저 타면서 나오는 것이다. 인덕션은 팬의 가장자리로 불이 따라 올라오는 가스와 달리 바닥에 코일이 있어 데워지는 스타일이라 불필요한 연기가 훨씬 적게 난다.
손님 테이블과 거리도 없고 칸막이도 없는 이수부 키친의 특성상 공기의 질을 유지하는 것이 작업자나 손님에게 모두 중요한 일이다.

튀김음식을 꺼리는 이유

와인과의 조합만을 생각하면 튀김은 좋은 메뉴다. 상큼한 느낌의 샤도네이나 뉴질랜드 소비뇽 블랑의 향기를 살짝 차가운 감촉과 함께 입에 한 모금 대면 생선에 바로 옷을 입혀 튀겨낸 튀김 요리가 먹고 싶을 때가 있다.

생선을 도톰하게 썰지 않고 길게 썰어서 옷을 입혀도 좋고 겨울에 나오는 굴도 튀김을 하면 육즙이 갇혀 레몬 하나만 뿌리면 딱이다. 튀김옷은 밀가루만 입혀서 튀기는 방법과 밀가루, 계란물, 빵가루를 묻히는 방식 두 가지로 나뉘는데 그 맛의 아름다움을 선명히 알면서도 나는 직접 그런 메뉴를 잘 만들지 않는다.

한 번만 쓰고 버리는 튀김기름이 아까워서가 아니라 튀김을 할 때 나오는 기름이 우선 싫고, 환기 시스템도 떨어지고, 튀겨질 때 나오는 기름 먼지가 싫기 때문이다. 기름은 재료에 열을 전달하는 좋은 매개체이지만 고온일 때 몸에 안 좋고 한번 산화된 것을 반복해서 쓸 때 몸에 좋지 않다.

올리브 오일 같은 기름은 여기저기 넉넉하게 뿌려 쓰고 있지만 튀김이 꺼려지는 이유다.

동물성 지방은 가급적 줄인다

손님들이 왜 쇠고기 스테이크를 안 하느냐 질문을 많이 하신다. 아무래도 레드 와인에는 쇠고기의 피 맛이 제일 잘 어울리기 때문일 것이다.
혼자 일하던 내게 설거지는 조리만큼이나 큰 과제였다. 세제는 가능하면 적게 쓰고 번들거림은 없어야 했으며 두 번 일하지 않고 일은 빨리 끝내야 했다. 직접 설거지를 해보면 알겠지만, 세제 사용량도 그렇고 접시를 닦는 데 시간이 가장 많이 드는 건 주로 동물성 기름 때문이다.
접시를 거두다 보면 서비스한 지 1시간도 안 되어서 접시에 남은 허연 기름 자국들을 마주치게 된다. 닭기름도 그렇지만 제때 다 못 닦으면 그릇과 접시의 위아래로 묻어나는 쇠고기 기름은 물론이고, 응고된 기름은 접시를 보는 내게 많은 생각을 하게 만들었다.

상온에서 저렇게 엉긴다면 체온을 유지하는 우리 몸속에서는 어떤 모습으로 존재할까? 그래도 닭은 껍질에만 기름이 있으니 제거할 방법이라도 있는데, 살코기 사이사이에 마블링의 형태로 존재하는 쇠고기의 지방은 골라낼 방법이 없었다.

한번은 들기름이 왜 노인에게 좋다고 하는지 알아보려고 동물성 기름과 비교해서 흔들어 분리 테스트를 해본 적이 있었다. 상온에서 굳어지는 동물성 기름의 변화를 보면서 50도는 됨직한 온수에도 번들거림이 남는다면 36.5도의 체온에서 기름이 다 녹아내릴 리는 없다고 추론했다.

어디에 나오는 얘기는 아니고 혼자 요리를 하면서 생긴 추론이었지만 나는 나의 믿음을 따르기로 했고 자연스레 쇠고기는 메뉴에서 거의 사라졌다.

최근에는 손님이 원하시면 기름기가 없는 안심 부위를 써서 메뉴에 넣기도 하지만 옥수수를 재배한다고 아마존이 파괴되고 있다는 말을 듣자면 기름 때문이 아니더라도 사육에 시간이 덜 걸리고 사료 비율이 낮은 고기를 써야겠다는 생각이 든다. 기름을 안 먹을 수는 없으니 어떤 기름을 어떻게 먹으면 좋을까. 그런 고민을 하다 보니 식물성 기름으로 올리브 오일을 음식에 넉넉하게 쓰는 버릇이 생겼다. 환경의 지속가능성과 식생활과 건강한 삶은 참 알수록 어려운 문제다.

발효 음식을
꼭 활용하려고 한다

아마 전 세계에서 우리나라만큼 발효식품을 일상에서 많이 먹는 나라가 있을까? 매일 김치를 먹고 간장 된장을 소비하고. 그러다 보니 발효식품이 마치 우리만의 것이라는 착각마저 들 때가 있다. 우리가 발효의 종주국인 것처럼 말이다.

통계수치가 있는지 모르겠지만 정부가 나서서 발효식품을 즐겨 먹는 우리의 식문화를 더 널리 홍보하여 한식의 위상이 세계적으로 더 높아졌으면 하는 바람이다. 음식이 문화 콘텐츠라면 개별 메뉴를 현지에 맞게 만드는 것은 개인이나 사업을 하는 사람이 할 수 있는 일이지만 이론을 정립하고 그것을 제공하는 작업은 정부가 아니면 하기 어려운 일이다.

앞에서도 잠깐 언급했지만, 먹거리를 다루는 방식을 문명과 연결지어 만든 클로드 레비 스트로스 교수의 프레임으로 보면 발효는 3차원적인 조리법이다. 미리 준비할 때는 익히기도 하지만 먹을 때는 바로 먹으니 날것도 아니고 그렇다고 익힌 것이라고도 할 수 없다. 생식이 주는 야만성도 없고 익혔다는 이유로 인간이 만든 문명 속에 갇히지도 않는다. 발효는 자연과 함께 호흡하며 자연에 존재하는 원리를 이용하는 생물학적 조리법이다. 가열 도구도 쓰지 않고 이빨로 물고 뜯지도 않고 쓰이는 도구라곤 손과 시간뿐.

이 기다림과 마음에서 나온 손의 움직임 때문에 한식에는 정성이라는 말이 자주 쓰이게 되는 것이 아닐까. 기다림은 시간이 만들어내는 미스터리 박스 같은 것이라 경험을 통해 변해가는 모습을 예상할 수 있을 수 있지만 속단할 수 없고 장담할 수 없기에 겸손해질 수밖에 없으니 말이다.

소화가 잘 되고 약간 과하게 먹었다 싶어도 더부룩하지 않는 개인적 경험이 말해주는 걸 보면 노령화가 진행되는 현재의 인구구조 하에서 발효를 거친 음식이야말로 가장 미래지향적이고 문명적인 식습관의 경지다.

발효식품은 동양에도 서양에도 있다. 동남아의 피시 소스, 그리스식 요거트, 유럽의 와인도 치즈도 효모에 의해 부푼 빵도 모두 발효를 거친 음식이다. 서양에서 빵과 치즈와 와인 이 세 가지는 성부와 성자와 성령이 핵심이 되는 기독교적 모델처럼 모든 음식의 시작이자 완성이라는 의미에서 음식의 삼위일체(food trinity)라고도 부른다. 발효라는 단어에 서양이 크게 집중하지 않았던 것이지 어느 나라나 실생활에서 그 가치는 충분히 누리고 있었던 것이다.

이수부 키친에서는 재료들을 식해처럼 발효라는 과정을 통해 삭히지는 않는다. 기본적인 원물은 찌거나 오븐에서 굽고 그 위나 아래에 발효가 된 재료를 첨가한 소스나 스프레드 등을 곁들이는 형태로 접시를 마무리한다.

재료에서 부족한 맛은 올리브 오일의 매콤 쌉싸름한 맛과 바로 간 유기농 후추, 바질 등과 같은 허브가 보완하는 정도. 하지만 메뉴에 어떤 형태로든 발효된 원재료가 쓰일 수 있도록 노력하는 편이다. 맛은 유지하면서.

발효식품의 출처는 굳이 동서양을 가리지는 않는다. 그릭요거트와 치즈도 있고 현미식초를 바탕으로 한 드레싱베이스도 있고 소금누룩도 그런 식문화의 일부고 소스나 토핑의 변화들은 이 기본 재료들의 조합의 다른 모습이다. 발효 현미식초로 만든 드레싱에 간장을 넣어 고수에 무치고 고추냉이뿌리(와사비)나 씨겨자를 넣어 로메인 레터스와 버무리는 변형은 다 그런 원칙의 응용일 뿐이다.

손님들이 말하는 이수부 음식의 특징

사람들은 이수부 키친에서 먹은 음식을 이렇게 얘기한다. 심심한데 재료의 맛이 살아 있다, 건강식 같다, 부담스럽지 않고 소화가 잘 되는 느낌이다, 익숙한데 뭔가 색다른 느낌이다…….

그런 내 음식의 느낌은 어디에서 왔을까? 나는 조리에 있어서 크게 세 가지 원칙을 가지고 있다. 내가 직접 골라서 준비한 기본이 탄탄한 재료로 조리를 하고, 저염식을 지향하며, 소스가 재료를 덮지 않아 재료의 고유한 맛이 살도록 노력한다.

재료 맛의 조합은 짠맛, 단맛, 신맛, 감칠맛이 큰 기둥이 되고 매운맛과 쓴맛이 균형을 잡아주는 보조장식이 되는 구조이다. 신맛과 단맛의 균형은 내가 만든 수부초가 주로 잡아주고. 물에서 시작해서 신선하게 만드는 가벼운 육수는 감칠맛의 바탕을 제공해주고. 맛의 익숙함은 바탕에 깔린 발효식품에서 나오고. 깔끔한 짠맛은 소금에서 나오고. 은은한 매운맛은 후추, 덕지덕지 버무려지지 않은 맑은 소스나 드레싱의 느낌은 올리브 오일에서 나온다.

이 단순함이 생소하지만 신선한 느낌으로 받아들여지는 것은 내 의도라기보다 장식적 화려함이 넘치는 세상에서 오히려 그 소박함이 낯설고 귀하게 다가가기 때문이 아닐까?

미니멀리즘의 모험

4

대세를 따르기보다
나만의 색깔을 찾아서

내가 식당을 열고자 할 당시 시장의 분위기는 분자요리가 대세였다. 우리가 아는 익숙한 재료의 색상과 형상에 변화를 주어 전혀 다른 느낌이 들게 함으로써 인식의 지평을 바꾸는 새로운 창작 방법론이었다. 재료의 형질을 마음대로 조작해 자기만의 표현을 다양하게 연출해 가는 그런 과정을 나는 배운 적도 없고 '먹는 걸 가지고 뭐 그렇게까지 하나'라는 생각이 있어 피하고 있었다.

마음만 먹으면 따라갈 수는 있었지만 그러고 싶지 않았고, 앞으로 남은 길을 어떻게 나만의 방식으로 걸어가야 할까 하는 고민이 더 큰 문제였다. 시대의 변화에 따라가지 않겠다면 어떤 길을 만들어야 할까? 변화에 발 맞추지 못하더라도 오래갈 수 있고 시간이 지날수록 더 단단해지는 나름의 방향성을 찾아야 했다. 더디더라도 자기 색깔이 조금씩 들어가서 결국 나만이 보여줄 수 있는 유니크함으로 자리매김하는 순간을 만드는 것. 그것을 찾고 있었다. 그러다 문득 미국 유학 시절 『뉴욕타임스』의 칼럼 제목이 떠올랐다.

미니멀리스트 레시피(Minimalist Recipe).

군더더기 없는 핵심이 필요하던 유학 시절

유학 시절은 요리에 관한 깊은 지식 없이 늦은 나이에 시작해 언어적 한계와 실무적 소양의 부족, 수많은 재료가 나열된 교과서의 레시피(당시에는 미국에서 조리학교가 많이 생기기 시작했고 대부분의 학교가 C.I.A.의 교재를 참고로 했기 때문에, 가장 단순한 비율 형태의 레시피로 만들어졌던 초기의 책들이 점점 화려해지고 있었다) 때문에 좀처럼 뼈대를 잡지 못하고 헤매던 시기였다.

나는 시간이 지날수록 다져지는 믿음 없이 앞으로만 나가는 수업 진도에 꽤 초조감을 느끼고 있었다. 외부로 실습을 나가야 하는 날은 하루하루 다가오는데, 메뉴명만 딱 보면 대충 어떻게 만드는 요리인지, 이 레시피는 전통적인 것에서 이걸 더 넣었네, 덜 넣었네 하는 느낌이 한눈에 딱 들어와야 하는데 레시피를 아무리 보고 있어도 도무지 감이 잡히지 않았다. 같은 공부를 해도 사람마다 스타일이 다르기 마련인데, 나는 굳이 말하자면 핵심과 개념을 먼저 잡고 유형을 통해서 세부적 응용을 이해해가는 그런 스타일이다.

허브 종류만 서너 가지가 넘고 전체 재료가 15가지나 되면 어디까지가 이 음식의 본질이고 어디까지가 장식인지 도무지 감이 잡히지 않았다. 매일 준비해야 할 과제도 적지 않았는데 수업 진도가 너무 빨랐다. 나만의 핵심을 정리하기는커녕 서부영화에 종종 등장하는 말 뒤에 매달려 끌려가는 사람처럼 늘 진도의 뒤를 쫓아가기에 바빴다.

미니멀리스트란 단어를 만난 것이 바로 그때였다.

뉴욕에서 만난 미니멀리스트

내가 미국 C.I.A(The Culinary Institute of America)에 유학하던 1998년 당시 『뉴욕타임스』에는 〈웬즈데이 에디션(Wednesday edition)〉이라는 수요 음식 지면이 있었다. 1면의 대표적 트렌드를 시작으로 2면부터 와인 이야기, 레시피, 에세이 등 음식에 관한 한 주간의 소식과 최근 이슈가 잡지처럼 8면에 걸쳐 실려 있었는데 3면 하단에 마크 비트먼(Mark Bittman)이라는 분이 쓰신 〈더 미니멀리스트(The Minimalist)〉라는 작은 칼럼이 있었다.
특정 메뉴에 관한 소개를 앞부분에 간략하게 적은 다음 많아야 10가지 이내의 재료로 만들어진 간단한 레시피를 보여주는 칼럼이었는데, 이 단어를 보자마자 '내가 식당을 내면 미니멀리스트 키친이라고 지어야지'라는 생각이 퍼뜩 들었다. 당시 내가 '미니멀하다'는 단어에 눈길이 갔던 것은 아마 그 단어가 곁가지를 걷어내고 핵심을 꿰뚫는다는 뜻을 담고 있다고 믿었기 때문이었던 것 같다.

그래 이거야! 단순하고 간결하되 본질을 담고 있는 최소한의 터치. 음식을 통해 그것을 구현할 수 있다면 좋겠다는 생각이 들었다. 최소한의 수고로 일거리를 줄이고 재료를 드러낼 수 있게. 세월은 어차피 앞으로 흘러갈 것이니 음식을 하는 한 살아온 모습을 접시에 담을 수밖에 없다. 그리고 그 위에서 옷을 벗을 수밖에 없다고 생각했다.

장식하거나 숨지 말고 그냥 있는 그대로 솔직해지자!

그것이 외식에서 경쟁력이 될 수도 있을 것이다. 시간이 지나도 색이 바래지 않고, 부드러우면서도 안에는 단단한 내공을 담은 모습으로 살아가려면.

레시피의
뼈대부터 찾아라

〈더 미니멀리스트〉 칼럼을 좋아한 이유는 무엇보다 레시피에 제일 중요한 재료들만 간략하게 정리되어 있다는 것이었다. 사실 모든 음식은 파고 들어가면 더 이상 걷어낼 수 없는 가장 중요한 재료가 늘 남게 마련이다. 파스타는 세몰리나라는 밀가루와 물이 있고 뵈프 브루기뇽에는 쇠고기와 레드와인이 있다. 죽에는 쌀과 물이 있듯이.

절대 빠질 수 없는 본질적 재료를 꽉 잡고서 거기에 열을 만지는 조리법을 덧대면 메뉴의 외부 형상은 몰라도 조리과정의 뼈대는 대충 그릴 수 있었고 그 음식이 적어도 어떤 맛일지가 어렴풋이 머릿속에 그려졌다.

서양 음식에서 재료에 불을 입히는 조리법은 튀김, 볶음, 구이와 같은 건열조리법(dry heat cooking method)과 찜, 삶기와 같은 습열

조리법(moist heat cooking method)으로 크게 나눌 수 있다.

파스타를 예로 들면, 밀반죽으로 다양한 모양의 면을 만든 다음 습열조리인 삶기 과정을 거쳐 데쳐내고, 파스타의 명칭이 따라가는 보조재료와 소스의 혼합으로 완성된다고 이해를 하는 식이다. 소스는 소스대로, 보조재료는 나름대로 다시 주재료와 조리과정이 있을 터이니 그렇게 음식의 단위를 쪼개고 쪼개면 세부 구성요소들이 시공간적으로 분리되어 서로 다른 덩어리로 존재하다가 마침내 팬이든 냄비에서든 한데 얽히고설켜 비로소 하나의 메뉴가 탄생하는 것이다.

물론 파스타 종류가 얼마나 많은데 그렇게 단순화해서 말할 수 있느냐 할 수도 있겠지만 그 당시의 내게는 연역적 접근이 훨씬 간절했다.

주재료와 조리법을 이해한 다음 확장되는 재료의 변주와 재료 간의 궁합과 계절성, 지역성 등을 층층이 쌓아 올리면 그 이후 확장된 모델은 요리에 관심 있는 사람이라면 웬만큼 만들 수 있다. 얼핏 복잡해 보여도 뜯어서 해체가 가능하고, 해체가 가능하면 조합을 통해 다시 내 것으로 소화할 수도 있는 논리 구조. 그 당시 내가 원했던 것도 그런 미니멀한 희망이었고, 그 간절함은 자석처럼 그 언어를 끌어당겼다.

좋은 주방은 쓰레기통을 보면 안다

캐나다 몬트리올의 레스토랑 르 빠스 빠흐뚜(Le Passe Partout)에서 실습하던 시기의 경험 역시 미니멀리즘의 중요한 장면을 제공한다.

셰프 제임스는 깐깐하기로 유명했다. 그가 쓰는 재료는 늘 일류였다. 버터는 97년 당시 내가 들어보지도 못한 이즈니(Isigny)였고, 초콜릿은 발로나(Valhona)만 고집했다. 모두 한국에는 수입도 안 되던 것들이었다. 그의 철칙은 아무리 비싸도 재료는 좋은 것을 쓴다는 것이었다.

사람을 뽑을 때 그가 그렇게 까다로웠던 것도 지금 생각해보면 다 비용 때문이었다. 음식을 잘 못 해서 결과가 맘에 안 들면 그는 늘 다시 만들라고 시켰다. 그럼 재료비는 상승했고 다시 요리하는 인건비가 또 발생했다. 그러니 일을 잘 못 하는 사람의 비용은 단지 눈에 보이는 인건비만은 아니었다.

한번 할 때 그가 원하는 대로 일을 끝내야 했고 그 긴장은 일하는 사람을 늘 칼날 위에 세웠다. 그는 채소를 살 때 유기농을 사서 뿌리부터 잎까지 모든 걸 다 활용했다. 알맹이는 볶아서 주재료나 가니쉬로 쓰고 껍질과 꼭지 등은 육수에 넣었다. 버려질 것 같은 재료로 아주 새로운 것을 탄생시켜 변신을 도모하지는 않았지만, 음식물이 버려지는 쓰레기통은 늘 가벼웠다. 그렇다고 더럽거나 불필요하다고 여기는 부분만 대충 벗겨내고, 노랗고 하얗고 뽀얀 알맹이만 쓰려는 분리 배제형 사고는 아니었다. 좋은 땅에서 나온 것은 좋은 것이고, 좋은 것은 다 좋지 일부만 좋을 수는 없다는 통합적이고 순환적인 사고였다. 좋은 주방은 쓰레기통을 보면 알 수 있다는 것을 이때 깨달았다.

비싼 재료를 사서
아낌없이 쓰는 정신

그렇게 나쁜 것과 좋은 것은 구분하되, 좋은 부분과 나쁜 부분은 구분하지 않는 셰프를 보면서 처음 내 관심은 그것이 시공간적인 비용으로 어떻게 이어지는가 하는 것이었다.
우리 말에 잔손이라는 말이 있다. 잔손이 간다고 할 때 외식용어로 하면 인건비였다. 제임스의 방식은 인건비를 줄이고 거기서 나오는 수익을 재료비로 돌리는 계산법이었다. 그는 퀴진 드 마르셰(Cuisine de Marché)라고 해서 그날그날 시장에서 구한 재료를 가지고 요리하는 스타일이었다.
퇴근하기 전에 수 셰프(sous chef)가 생각한 메뉴를 종이에 써서 올리면, 수정 보완해서 만년필로 날짜와 함께 다음 날 선보일 메뉴를 적는다. 특유의 꼬부라진 알파벳과 아라비아 숫자 서체가 그의 그의 콧수염만큼 인상적이었다. 다음 날 아침이면 그는 시장에 가서 장을 보고 10시쯤이면 돌아와 사 온 재료들을 주방 뒤편에 한 보따리 풀어놓는다. 재료는 보통 박스 단위로 사 오는데, 젖은 솔잎이 뒷면에 붙은 샨터렐버섯(chanterelle mushroom)을 한 박스 받으면 잘 떨어지지도 않는 솔잎과 씨름하느라 거의 반나절을 보내는 느낌이었다.

그에게 어느 날 내가 질문을 했다.

나는 원래 빵을 잘 못 먹는 체질이라 타국땅에 올 때 걱정을 많이 했는데 셰프님의 빵은 정말 너무 맛있고 특히 버터와 함께 먹으면 미칠 지경이라고. 그런데 혹시 빵을 만들 때 빵에 버터가 발라진 느낌까지 고려해 만드는지 아니면 그저 빵 그 자체를 맛있게 만들려고 노력하시는 건지 궁금하다고.

한동안 고민을 하더니 그는 참 간단히 대답했다.

"음식은 재료가 스스로 말을 하게 하는 것이다(Food should speak for itself)."

여러 가지 복잡한 조합을 미리 염두에 두고 하는 것이 아니라, 재료 하나하나에 충실해야 하고 그 본래의 맛을 잘 드러내도록 하는 게 좋은 요리라는 그의 철학이 담긴 말이었다. 그 이후

별 볼 일 없이 반복되는 일상, 그 안에서 마주치는 수많은 만남. 우리의 일상은 그리 거창할 게 없지만, 우리의 행복은 일상 안에 있어야 한다. 일상이 쌓이면 누군가의 업이 된다.

로 그 문장은 그의 편집증적인 성격을 싫어했던 나에게도 퀴진 드 마르셰의 정신과 함께 나를 따라다니는 경구가 되었다. 깐깐하고 기록을 좋아하고 습관을 잘 바꾸지 않으며 홀에서는 늘 희한한 표정을 짓던 그가 첫 실습 장소의 셰프로는 그렇게 싫더니 어느덧 나는 그의 생각과 행동을 따라 하고 있었다. 첫 경험이 그래서 중요한가 보다.

레스토랑 르 빠스 빠흐뚜의 코스는 전채, 수프, 생선, 오리나 닭과 쇠고기 중 선택, 치즈, 디저트 순으로 진행되었다. 음식의 담음새는 간단하고 단출했지만 소스에 공이 많이 들어갔고, 소스의 맛이 셰프의 프라이드이기도 했다. 소스는 기본적으로 육수를 내는 것에서부터 시작하는데 시장에서 사 온 좋은 재료의 밑동이며 꼭지 같은 것을 넣어서 제대로 끓였다. 흔히 소스를 싹싹 긁어먹는 것이 셰프가 만든 음식에 대한 예절로 여겨진다는 미식 세계의 상식이 왜 생겨났는지 알 것 같았다.

음식에
무슨 미니멀리즘이냐고요?

한동안 미국에서 인기를 끌었던 미니멀리즘은 상업적 의도에 조종되어 소비로 만족을 얻는 수동적 삶을 멈추고 일상에서 불필요한 것들을 과감하게 걷어내자는 운동이었다. 꼭 필요한 물자만으로 생활하는 검약의 즐거움을 깨닫고, 소유하지 못한 것이 불행하다는 생각의 프레임을 걷어차 내려는 자존감의 선언이었다.

하지만 그것은 내가 식당에서 생각했던 것과는 결이 다른 부분도 있었다.

"레시피에 든 허브가 3종류인데 집에 한 가지도 없으면 주재료랑 소금, 후추만 넣고 맛있게 음식을 만드는 게 미니멀리즘인가요?"

이렇게 묻는다면, 그럴 수도 있고 아닐 수도 있다. 무조건 최소한이 답은 아니지만 최소한으로 그렇게밖에 할 수 없다면 미니멀리즘을 추구하는 사람에게 그건 답일 수 있다.

그러나 세상의 이치는 반복 가능한 질서가 필요하다. 단순히 사람의 입맛이나 기호의 문제뿐 아니라 재료 간의 관계나 음식에 들어가는 재료의 구실에 대해 먼저 답해야 했다.

"제가 볼 때, 이 허브들은 재료의 맛을 해치진 않겠지만 쓴맛이 덜 나는 죽염이랑 유기농 후추를 넣었을 때 재료의 맛을 더 충분히 느낄 수 있을 것 같아서 빼봤어요."

이런 식으로 그런 검증된 새로운 시도에 대한 설명은 필요했다.

눈에 보이지 않는 미니멀리즘의 모험

소비를 지향하는 생활 태도는 나만 바뀌면 끝나는 문제이지만, 식당은 기본적으로 손님이 찾아주어야 하는 상업 공간이기 때문에 나만 생각을 바꾼다고 될 문제는 아니다. 내가 몸담고 있는 곳이 외식업이었다. 고객의 선택을 받지 못하는 모델은 존재할 수 없었다. 낙서처럼 혼자 '미니멀리스트 키친'이라고 개념을 써 놓고 오히려 생각이 많아졌다. 변화가 시장에서 어떤 결과로 돌아올지 모르기에 실험해보겠다는 생각 자체가 모험이었다. 재료 값을 아끼느라고 어쩔 수 없이 궁색한 선택을 할 수밖에 없다면 모를까, 먼저 나서서 "근데 그거 없이도 가능하지 않을까?"라는 발상의 전환을 한다는 건, 많이 담을수록 좋은 것이라는 일반적인 믿음에 도전하는 일이었다.

보이는 것만이 미니멀리즘의 대상은 아니다.

우리는 '미니멀' 하면 먼저 눈에 보이는 것을 떠올리고 가짓수가 많은 것에서 점점 작아지는 것을 떠올리지만 내가 음식에서 생각했던 미니멀리즘은 꼭 눈에 보이는 먹거리만을 한정하지는 않았다. 굳이 하지 않아도 될 일을 안 하는 것이 운영의 미니멀리즘이라면 물러서야 할 때가 언제인지를 알고 반 발짝 미리 물러서 있는 것은 서비스의 미니멀리즘이었다.
덜어냄으로써 부족한 것이 아니라 비울 수 있게 되어 오히려 채울 여백이 생기는 것도 미니멀리즘의 일부이며, 마음의 근심을 한곳에 모아 가능하면 흐트러뜨리지 않으려 하는 것도 미니멀리즘의 정신이었다. 눈에 보이는 것만 믿으라고 강요하는 세상에서 보이지 않는 것을 추구하는 것. 관능을 인정하지만, 관능에만 의존하지 않으려는 일종의 저항이었다.

영혼이 진실할 때
맛도 모습을 드러낸다

문득 미국에서 들었던 킹(King) 목사님의 말이 떠올랐다. 당신이 전 세계 수도원을 다녀봤지만, 가장 기억에 남는 음식은 한 작은 마을에서 먹었던 모짜렐라 치즈와 토마토였다고. 그때 경험한 맛을 다시 만날 수 없었다고 하시며, 감동의 크기는 수도(修道)의 깊이와 일치하는 것 같다 하셨다.

눈이 번쩍 뜨인 순간이었다. 내가 학교에서 배워온 파인다이닝에 대한 고정관념을 깨는 것이었다. 그렇다면 맛이 기술이 아니고 만드는 이의 영성(靈性)을 보여주는 최종 결과물이란 말인가? 수도원은 그렇다 치고, 화려하고 새로운 스타일로 경쟁하는 외식 시장에서도 이 논리가 적용될까? 20년쯤 전에 들은 그 이야기는 화두가 되어 늘 나를 붙잡고 있었다.

다음 날
속이 편한 음식을 만들고 싶은 꿈

음식을 하는 이에게 본질에 충실하다는 건 꼭 재료만의 문제는 아니다. 음식이 만들어지기까지 거쳐온 여러 손길과 과정이 다 음식의 일부이다. 음식을 먹고 난 다음의 몸 상태란 음식을 먹는 행위의 전후 여백이다.

여백이 깨끗하게 비워져 있으면 그 사이에 찍힌 점은 어떻게든 의미가 드러나게 마련이다. 여백과 여백 사이, 그 딱 떨어지는 선명함을 좋은 음식의 기준으로 삼고 싶었다. 늘어지거나 여백을 갈아 먹는 느낌은 휴식을 방해하는 것이다. 그러니 먹어서 좋다는 건 먹은 다음 날이 편해야 한다는 뜻이다. 배불리 먹은 듯해도 부담이 없고 소화가 잘 된다는 건, 같은 양을 먹었을 때 왠지 속이 부대끼는 음식보다 더 본질에 가까운 것이라 믿기 때문이다.

그럼 어떤 음식들이 이런 조건에 맞을까? 나는 피자보다 된장찌개를 사랑하는 나이여서 그런지 우리가 먹던 발효식품들이 소화 흡수를 더 잘 시켜준다고 생각했다. 콩을 그냥 먹기보다 발효시켜서 먹고, 초콩을 만들어 먹고, 어떻게든 자연에 가까운 상태로 다가간 쪽이 흡수에 유리하다고 믿었다. 증명할 수 있는 과학적인 데이터는 없지만 적어도 내 몸은 그렇게 반응했다. 나이가 들수록 자신의 몸보다 더 정확한 것은 없다.

몸의 목소리에 귀를 기울인다는 것

섭취하는 칼로리와 운동으로 소비하는 칼로리가 어떻게 혈당에 영향을 미쳐 배고픔을 느끼게 되는지는 학자들의 연구영역이겠지만, 나는 믿는다. 습관이 규칙적일 때 적어도 우리의 배꼽시계가 몸의 효율성을 가늠하는 기준으로 꽤 정확하다는 것을.
몸은 자기가 부족한 것을 이미 알고 있고 넘치는 것을 내보낼 줄도 안다. 몸은 자동차가 아니고 먹거리는 단순히 탱크를 채우는 연료가 아니다. 채워지는 내용물만큼 그 부족함을 채우는 속도와 손길도 중요하다.
좋은 재료, 편안한 공간, 거슬리지 않는 서비스.
미니멀리스트 키친의 컨셉은 그런 논리로 윤곽을 드러냈다. 다음 날 속이 편안해야 한다는 나름의 조리기준과 함께.

많은 재료가
맛을 담보하지 않는다

어차피 사람이 집중할 수 있는 맛의 가짓수는 한정되어 있다. 아무리 여러 재료와 수고가 들어간 음식이라 해도 맛은 막상 먹어보면 복잡미묘한 작은 맛의 동시다발적인 폭발이 아니라, 결국 그냥 하나의 조화로운 맛일 수 있겠구나 싶다. 비빔밥을 쓱쓱 비벼서 한 입 떠먹을 때처럼.

주재료로도 고유의 맛을 줄 수 있다면 굳이 더 많은 것을 올리려고 애쓸 필요가 있을까? 어차피 하나의 재료 안에도 여러 맛과 세월이 들어 있게 마련인데.

경건하게 맞이하고
감사로 받아들이기

미니멀하다는 것은 재료의 가짓수가 많지 않다는 의미도 되지만 먹거리를 둘러싼 전 과정에서 사람과 그 사람의 먹는 행위까지 총체적으로 바라보는 시선의 문제이기도 하다. 먹거리는 무겁게 바라보려면 끝없는 인문학적 주제이지만 가볍게 바라보면 참 가벼운 한 끼의 끼니일 뿐이다. 그래서 먹거리는 우리가 함부로 대할 수 있는 것도 아니고 한없이 섬길 대상도 아니다. 그저 경건하게 맞이하고 감사로 받아들이면서 즐겁게 먹으면 되는 것이다.

먹는 태도가 그러하듯 만지는 마음도 그렇다. 매일 물을 만지면서 일을 일로만 대하고 싶지 않고, 그렇다고 예술적 감성만 강조하며 느낌에만 의존하고 싶지도 않다. 몸이 감정을 담는 그릇이라면 음식은 몸이 담기는 그릇이다.

그래서 두렵고 그래서 겸손해진다.

오늘 내가 나로 온전한가?

그 질문 앞에만 서면.

집 같고, 푸근하고, 먹었을 때 부담 없는. 이 세 가지는 이수부가 추구하고자 했던 공간과 음식의 모습이었다. 매일 먹어도 질리지 않을 수 있는 음식. 배불리 먹었다 싶어도 다음 날이 편한 일상식. 그것이 내 음식의 지향점이다.

고객이 메뉴 고르는 수고를 덜게 한다

보통 일품으로 구성된 식당에서 메뉴 선택은 전적으로 손님의 권한이다. 각 메뉴마다 가격이 다르고 주어진 예산 안에서 최적의 조합을 만들어내는 즐거움을 고객이 누려야 하기 때문이다. 인당 가격이 정해진 이수부 키친은 일식으로 치자면, 오마카세 스타일이다. 말 그대로 메뉴를 전적으로 만드는 사람에게 맡기는 식이다. 특정 음식에 알레르기나 안 드시는 것이 있으면 고객들이 미리 문자로 요구하기도 하지만 보통은 거의 아무 말도 안 하는 편이다. 무슨 믿음이 그걸 가능하게 하는 걸까?
집 같고(homely), 푸근하고(hearty), 먹었을 때 부담 없는(healthy). 이 세 가지는 내가 추구하고자 했던 공간과 음식의 모습이었다. 매일 먹어도 질리지 않을 수 있는 음식. 배불리 먹었다 싶어도 다음 날이 편한 일상식. 그것이 내 음식의 지향점이다.

물론 가격만 보면 그렇게 가벼운 마음으로 한 끼 먹을 수 있는 수준은 아니다. 와인 수입상의 와인 선택이 그 대표의 취향을 벗어날 수 없듯이 음식의 맛은 누가 뭐래도 그 음식을 만드는 이의 취향을 크게 벗어날 수는 없다. 내 입에 맞는 것이 내가 추구하는 맛이고, 그 맛에 공감하는 사람이 그 식당의 단골이 된다. 그러니 단골이란 결국 음식을 만드는 사람의 성향과 엇비슷하게 마련이다.

편안한 것을 추구하고, 허세도 없고, 그렇게 쌓인 상호 동질적인 취향과 공감을 나름의 이수부의 컨셉이라 한다면…….

장기적 안목,
가늘고 길게 가는 식당

사람들과 인적 관계도 넓지 않고 알리는 것 자체를 부끄러워하는 나는 짧고 굵게 가는 길보다 가늘고 길게 가는 길을 선택했다. 실현 여부야 시장과의 문제이지만 성격으로 봐도 그렇고 지나온 시간도 있고 하니 큰 욕심 없이 하던 일을 즐거움으로 알고 오래 그 일을 하고 싶은 마음이 컸다. 나이가 들어 창업하는 입장에서 내게 가장 간절했던 건 소득의 항상성과 일의 연속성이었다. 시류에 올라타거나 이윤을 목적으로 하는 시도는 내겐 부담스러운 모험이었다.
느리더라도 오래갈 수 있는 안정적 사업구조를 원했다. 어쩜 애초에 식당이라고 하는 것이 크게 돈이 안 되는 비즈니스라는 생각이 바탕에 깔려 있었기 때문인지도 모르겠다. 먹는장사를 해서 성공해본 적이 아직 없고, 일단 위험 요소를 먼저 고려하는 보수적 성격 때문인지도 모른다. 그 명제를 받아들이고 나니 다른 대안이 별로 없었다.

기획 단계에서부터 장기적 승부를 찾는다는 건 매출을 늘리기 위해 과감하게 투자하는 것이 아니라 비용을 최소화하면서 자기만의 스타일이 알려질 때까지 버티겠다는 것이었다. 자신감이라면 자신감이고 좀스럽다면 좀스러운 일이었다. 내가 잘하는 것으로 승부를 거는 것은 편한 방법이지만, 한 가지만 할 줄 아는 사람들의 자기 한계가 아닐까 하는 조바심도 있었다.

겸손이야말로
위험을 줄이는 가장 좋은 방법

요즘 젊은이들은 아예 창업을 전제로 조리학과를 다닌다고 들었다. 오래 한곳에서 일하기보다 빨리 좋은 기술을 배워 창업에 뛰어들어 돈을 벌 생각을 한다는 것이다. 이전에 주방에서 조리만 하던 사람들은 성공한 식당을 만들기 위한 방정식을 몰랐고, 그걸 알려주는 사람도 주변에 없었다. 돈을 따라가려고 하면 업계 선배들이 천박하게 바라보던 시절이었다. 그나마 성공한 사람들은 조리사 중에서도 관계에 능한 사람이었다. 사람의 표정을 읽을 줄 알고 어떤 말이 사람의 마음을 기분 좋게 하는지 아는 사람이었다.

겁이 덜컥 났다. 오랜 시간 직장 경험을 해본 나도 예외일 수는 없었다. 나는 나를 알리는 대신 나를 돌아보는 길을 선택했다. 겸손이 위험을 줄이는 가장 좋은 방법이었다. 길거리로 나온 외식 자영업자에게 경력은 의미가 없었다. 조리를 10년 했건, 20년 했건, 성공 방정식의 해답은 시장이 정한 함수에 자기값을 넣어 봐야 알 수 있었다.

나는 혼자 접시를 닦으면서 지난 시절을 돌아보았다. 내가 식당을 창업하기 이전에 다양한 어려움을 겪지 않았더라면 얼마나 말이 많고 또 아는 척을 했을까?

내공은 사업적 성공이 아니라 익어가는 힘이다

지난 성공이 더 이상 미래의 성공을 담보하지 않는 변화의 시대를 살고 있다. 예전에는 저기까지만 가면 나도 살아남을 수 있을 거라는 희망이 외식분야에 있었는지 모르겠지만 지금은 그게 무슨 의미가 있나 싶다. 존재해도 알려지지 않으면 없는 것이고 처음 등장해도 노출이 많이 되면 존재감이 있게 마련이다.
자기는 버릴 수 없고 세상은 빨리 변화하고.
그래서 처음 문을 열 때 가늘고 길게 가겠다던 최초의 바람도 가능한 건지 의구심이 든다. 내공은 사업적 성공이 아니라 시간을 따라 같이 익어가는 힘 아닐까? 나의 지난날을 증거하기 위해 버텼던 시간이 창업 초반부라면 이제는 내가 증거한 시간과 맺은 인연을 지키기 위해서라도 버텨야 했다. 의존하지 않고 그렇게 당당히 서 있어주는 힘이 연륜이다.

카페에서 밥 먹는 시대, 식당이 가야 할 길

카페에서 밥 먹는 시대라는 기사를 주의 깊게 봤다. 간단한 비즈니스 미팅, 공부, 취업준비까지 카페에서 만나 놀고 쉬며 많은 걸 할 수 있는 시대이다. 대형 커피 프랜차이즈가 커피 맛에 대한 여러 논란에도 불구하고 이렇게 성장하는 것 또한 같은 이유일 것이다.

머그잔 사용으로 체류 시간이 늘어난 것도 자연스레 카페에서 먹거리를 찾게 되는 이유 중 하나라고 기사는 쓰고 있지만, 차라리 혼자 밥을 때워야 하는 인구가 증가했기 때문은 아닐까? 기존에도 카페에서는 디저트류나 크림이 들어간 케이크를 팔았는데, 차가운 샌드위치가 등장하고 파니니가 등장하고 이제는 끼니가 되는 메뉴까지 추가되는 모양새다. 커피의 아침 각성효과와 함께 아침을 거르고 아무도 밥을 챙겨주지 않는 헛헛한 도시

생활자의 마음을 채워주고 있는 것이다.

이대로 가면 우리도 돈가스, 오므라이스, 샌드위치, 샐러드, 그라탕 등도 카페에서 팔 수 있는 메뉴라는 인식이 확립된 일본처럼 될 것 같다. 카페는 더 이상 차를 마시기 위한 공간이 아니다. 같은 날 기사에 구내식당, 간이주점, 식료품 가게, 호프 전문점들이 국세청에서 발표한 '줄어든 업종 상위 10개' 안에 있다는 통계가 나왔다. 사람들은 더 이상 다 같이 먹지 않고, 억지로 만나지 않고, 남이 아닌 내가 고른 걸 먹길 원하고, 누구의 눈치를 보거나 예절을 지키면서 남과 밥을 먹기를 불편해한다.

핸드폰에서 나오는 먹방이 집에서 먹는 혼밥러의 인테리어가 되고, 밥은 나 혼자의 퍼포먼스가 아니면 고독한 에너지 보충 행위가 된다. 이렇게 살다 보면 앞으로는 밖에도 안 나가고 집에서 주문해 먹고, 외롭고 필요할 때만 사람을 만나러 카페에 가게 되지 않을까.

밥장사는 힘들다. 지금도 힘든데 앞으로 더 힘들 것이다. 배달앱, 카페의 약진, 간편 편이식, 공유주방까지 겹치니, 예상대로라면 앞으로 40석 이상의 가게들은 모두 매서운 빙하기를 하루

하루 거쳐야 할 것 같다. 생전에는 다시 따뜻한 봄을 보지 못 한 채, 그대로 화석으로 남을지도 모른다는 묘한 불안을 느끼는 나날이다. 그럴 때마다 몸도 마음도 애초의 미니멀리즘 정신을 다시금 되새긴다.

일상이 쌓이면 업이 되고,
과정은 행복이 된다

별 볼 일 없이 반복되는 일상, 그 안에서 마주치는 수많은 만남. 우리의 일상은 그리 거창할 게 없지만, 우리의 행복은 일상 안에 있어야 한다. 일상이 쌓이면 누군가의 업이 된다. 좋은 사람과 좋은 와인을 마시는 것. 그것이 우리가 바라보고 싶은 행복한 그림이라면, 그렇지 않은 사람을 만나며 일만 하는 수고로운 삶은 그 대척점에 있다.

하나는 아름다운 그림이고 하나는 피하고 싶은 그림이지만, 그 어느 것도 영원하지는 않다. 시절이 그렇고 관계가 그렇고 생명이 그렇다. 그래서 이 순간에 더 집중할 수밖에 없다. 비가 내릴 때까지 올리는 인디언 기우제처럼, 성공은 될 때까지 하는 데서 오는 과정의 행복이다.

도전하며 집중하는 순간이 나의 미니멀리즘

나에게 미니멀리즘이란, 완성된 개념을 찾아 길을 헤매다 얻은 결과물이 아니다. 여전히 변하고 있는 길 위의 삶을 있는 그대로 받아들이는 것이다. 세상의 모든 가치가 다 떠나더라도 나의 곁에 끝까지 남아 있을 생명의 본질 같은 것이다.

재료 몇 개, 서비스 몇 가지가 부족해 그걸 적당히 희석해보려는 궁색한 변명에서 시작했든 깊은 생각이 있어서 그랬든 지금은 상관없다. 남아 있는 결과물은 모두 내 지난 시도와 충돌의 결과물이니까. 아름답게 꾸밀 필요도 없고 부끄러워 가릴 이유도 없다. 어제도 그랬고 오늘도 그렇고 내일도 그러할 것이다.

적어도 분명한 것은, 나는 도전을 하는 그 순간 나에게 집중할 수 있었고 그때가 가장 예민하게 나로 살아가는 순간이었다는 사실이다. 돌아보면 나를 세운 것은 지식이 아니었다. 지식이 나를 세우길 바랐지만, 손끝으로 가는 일은 지식보다 가슴이 필요한 일이었고, 돌아서서 쓰다듬는 가슴 한켠에는 늘 사람이 있었다. 그들은 정보도 주고 희망도 주고 자극과 스트레스도 준다. 모두 살아 있으라는 신호이다.
미니멀리즘은 나를 일으켜 세우기 위해, 모자라는 힘을 내 안으로 집중하는 노력이다. 새로운 미니멀리스트의 탄생은 이 땅에서 누군가가 자기를 자기로 살아가는 또 한 개의 점이 되는 일일 것이다.

이수부의
미니멀리즘
레시피

채소 육수

양파 · **1/2쪽**
당근 · **1/4쪽**
셀러리, 없으면 대파 약간 · **1/4줄기**
생강, 작은 것 · **1조각**
통마늘 · **2조각**
통후추 · **5알**
물 · **10컵**
마른 실 다시마, 썬 것 · **10줄기 정도**

만드는 법

냄비에 찬물을 받고 다시마를 제외한 미리 준비한 재료를 모두 넣고 뭉근히 끓인다. 한 30분 정도 재료가 끓으면 불을 끄고 다시마를 넣고 20분 이상 우려낸다. 다시마에서 진액이 나오면서 물의 농도가 약간 짙어지면 채에 걸러 육수로 쓴다.

쓰임새 및 응용

밥을 할 때 그 물을 써도 좋고 수프를 만들거나 소스를 만들 때 써도 좋다. 심지어 식혔다가 물만 마셔도 됨.

새우 육수

올리브오일 • 2큰술
양파 • 1/2쪽
당근 • 1/4쪽
셀러리, 없으면 대파 약간 • 1/4줄기
생강, 작은 것 • 1조각
마늘, 편 • 2조각
새우껍질 • 15마리
증류주 또는 화이트와인 • 1큰술
통후추 • 5알
물 • 10컵
손질하고 남은 버섯 꼭지 • 4개

만드는 법

냄비에 기름을 두르고 물과 채소를 넣고 살짝 볶아준다. 채소는 새우껍질과 함께 볶아줄 것이므로 처음부터 너무 세게 안 볶아도 된다. 한 번 헹군 새우껍질을 넣고 같이 볶는다. 새우껍질에 색이 날 정도로 볶아지면 토마토소스를 넣고 바닥이 살짝 눌었다 싶을 때까지 볶는다. 토마토가 없으면 생략해도 된다. 맑은 증류주를 살짝 넣고 증기를 한 번 날린 다음 알코올이 증발하고 나면 찬물을 붓고 뭉근히 1시간 정도 끓인다.

응용

닭이나 쇠고기 육수 등을 낼 경우에도 닭 뼈를 한번 굽거나 쇠고기 잡부위를 새우껍질 대신 볶아 나머지는 같은 요령으로 하면 된다.
채소 육수와 같이 다시마를 다른 육수에 응용하고 싶으면 육수를 만드는 과정에서 잘게 부서진 고기 부스러기들이 다시마의 흡착 효과와 만나 탁한 육수를 만들 수 있다는 점을 명심하자.
육수를 끓일 때는 온도를 80도씨 정도에 몽글몽글하게 유지하고(기포는 올라오지 않고 대류에 의해 육수의 움직임이 약간만 있을 정도) 위에 뜨는 거품이 있으면 다 제거하고 고운 채에 거른 다음 스테인리스 통에 육수를 넣고 다시마를 따로 넣어 가열 없이 뭉근히 우려내는 것이 좋다.

쓰임새

- 리조또나 빠에야와 같은 밥 메뉴에 맹물 대신 넣어 밥에 감칠맛을 줄 수 있다.
- 국물이 있는 새우토마토 소스에 수분감을 줄 때 넣어준다.
- 육수를 그대로 졸여서 농도를 높여 소스로 쓸 수도 있다.

새우 육수로 맛을 낸 버섯리조또

올리브오일 · **1큰술**
양파 · **1/8개**
쌀 · **1컵**
소금 · **약간**
물 또는 새우 육수 · **3컵 반**
표고버섯 슬라이스 · **1장**
파르마산치즈, 파르미지아노 레지아노 · **1컵**

만드는 법

냄비에 기름을 두르고 양파를 볶는다. 채반에 담아 수도꼭지에서 내리는 물로 간단히 헹군 쌀을 넣고 소금으로 간 하고 같이 볶는다.
쌀의 수분이 날아가고 쌀알이 한 번 볶아지면 준비된 육수나 물을 반 컵씩 넣어가며 쌀을 저어준다. 이때 육수는 뜨거운 상태가 좋다. 차가운 육수를 쓰면 쌀의 온도가 오르락내리락하므로 밥을 하는 데 시간이 오래 걸린다. 마지막에 치즈를 맨 위에 넣어 간을 보고 접시에 담는다.

쓰임새 및 응용

- 서양에서는 생쌀을 그대로 넣으니 쌀은 너무 박박 씻을 필요가 없다. 쌀은 미리 물에 불리지 않아도 된다. 단 미리 쌀을 불리면 조리

과정에서 쌀알이 부서질 수는 있지만 조리 시간을 줄일 수는 있다.

- 소금은 양파를 볶을 때도 약간 넣어주고 쌀을 볶을 때도 중간에 미리 넣어주어야 쌀에 간이 배어 싱겁다는 느낌이 안 든다.
- 먹고 남은 리조또는 잘게 뭉쳐서 빵가루를 입혀 튀겨 내거나 에어프라이어에 넣고 돌려 데워 먹을 수도 있다.

코코넛라이스

안남미 • 1컵
물 또는 채소 육수 • 2컵 반
코코넛라이스믹스(Nasi Lemak 소스) • 1봉지

만드는 법

쌀을 씻어 손등에 거의 물이 차도록 밥물을 잡고 코코넛라이스믹스를 1봉지 넣는다.
일반 밥을 할 때와 같이 전기밥솥을 눌러 밥을 짓는다.

쓰임새 및 응용

- 밥물은 평소와 같이 잡으면 되고 소스의 양을 계산해 줄일 필요는 없다. 냄비에 밥을 할 때에는 바닥에 눌지 않도록 중간중간 저어준다. 뚜껑은 처음부터 닫고 할 수도 있고 안 닫고 할 수도 있지만 계속 지켜볼 것이 아니면 불을 낮추어 뚜껑을 덮어놓는다. 물이 없다 싶으면 눌지 않았는지 확인하고 불을 끈다.
- 뜸은 따로 들이지 않아도 되고, 뜨거울 때 바로 서비스한다.
- 코코넛라이스 믹스에 간이 되어 있어 따로 소금 간을 하지 않으며, 좀 짜다 싶으면 호박을 속을 파내고 어슷하게 잘게 썰어 밥이 다 되었을 때 같이 넣어 저어준다. 호박의 아삭한 식감이 크리미한 밥에

즐거움을 더하고 간을 줄여준다.

• 완성된 코코넛라이스는 새우구이나 닭고기, 돼지고기 볶음 등 다양한 재료와 같이 곁들여 먹는다. 피클이나 채소 샐러드를 곁들이면 더욱 좋다.

그릭요거트 딥(Greek Yogurt Dip)

플레인 그릭요거트 · 100g
수부초 · 2큰술
유기농 통후추, 바로 곱게 갈은 것 · 약간

만드는 법

그릭요거트에 수부초를 한두 스푼 넣고 후추를 약간 넣은 다음 잘 비빈다.

쓰임새 및 응용

- 그릭요거트는 크림 대신 소스에 윤기를 더하고 풍미를 돋우어주는 역할을 하는데 이 레시피에 맞게 쓰려면 탈수방식으로 만든 것이 아니라 스푼으로 떠먹어야 하는 꾸덕함이 있는 것이라야 한다.
- 샤도네이 품종의 프랑스 화이트와인을 마실 때는 적당한 유제품의 밀도가 와인의 풍미를 살려준다고 생각하는데, 안주로 크림이 부담스러운 경우 그릭요거트를 곁들이면 조리도 간단하고 와인과의 매칭은 그대로 살릴 수가 있다.
- 구운 생선 메뉴에 깔리는 소스나 채소 딥, 생선커틀릿에 곁들여지는 마요네즈를 기본으로 하는 아이올리 같은 소스의 대용으로 좋다. 유제품은 먹는 채식주의자용 당근 샌드위치에 스프레드로, 파

티나 손님 접대 시 뚝딱 곁들일 소스가 없을 때 두루 쓸 수 있다.

- 그릭요거트가 남으면 그대로 먹어도 좋고 꿀을 첨가해서 단맛을 내면 아이들이 더 좋아한다.
- 후추는 넣지 않아도 되지만 밋밋할 수 있는 딥을 한 단계 끌어올리려는 목적으로 추가한 것이므로 즉석에서 갈아 쓰는 후추가 없다면 후추를 빼고 요거트와 수부초만 넣어도 상관이 없다.

캐러멜라이즈드 어니언(Caramelized Onion)

양파 슬라이스 · 2개
올리브오일 · 2큰술
소금 · 2꼬집
통후추, 바로 갈은 것 · 약간

만드는 법

스테인리스 냄비에 기름을 두르고 살짝 달군 다음 양파를 넣는다.
올리브오일이 콩기름보다 덜 기름진 느낌이라 모든 음식에 넣고 있는데 기름은 너무 달구면 벤조피렌(불완전연소 과정에서 생성되는 발암물질) 이슈가 있어 불은 너무 세게 하지는 않는다.
냄비에 양파가 눌어붙고 색이 나서 양파가 노릇노릇해질 때까지 계속 저어준다.

쓰임새 및 응용

- 바게트 샌드위치에 스프레드 대신 깔아주면 좋다.
- 닭고기 등 음식의 밑에 깔리는 소스 대용으로 활용한다.

새우찜

새우 • 15마리
올리브오일 • 2큰술
마늘편 • 1쪽
생강 • 마늘 양의 1/3 정도
양파 • 1/8쪽
칠리 플레이크 • 1작은술
소금 • 2꼬집
통후추, 바로 갈은 것 • 약간
토마토소스 • 1컵
술(화이트와인 또는 백색 증류주) • 2큰술
새우 육수 • 2컵
바질 • 1장

만드는 법

스테인리스 냄비에 기름을 두르고 살짝 달군 다음 마늘과 생강, 칠리를 넣고 불을 올려 기름에 맛을 1분 정도 우려낸다. 타지 않게 중불에서 볶으며 팬을 달군 다음 기름을 두르면 기름의 온도가 너무 뜨거워질 수 있으니 가능하면 기름을 먼저 두르고 팬을 달구도록 한다.
냄비에 양파를 넣고 달달 볶다가 껍질을 까고 내장을 제거한 새우를 넣는다. 새우의 색이 약간 변하면 토마토소스를 넣고 소스의 수분이 날아갈 때까지 볶는다. 술을 넣어 바닥을 긁어주며 알코올을 날린 다음 껍질로 만든 육수를 붓는다.
국물에 새우가 잠겨 잘박하게 익어 새우 머리의 색이 완전히 붉게 되면 다 익은 것이므로 후추와 올리브오일을 뿌리고 바질을 넣어 마무리한다. 너무 오래 조리하면 새우가 질겨질 수 있다.

쓰임새 및 응용

- 국물을 잘박하게 해서 시원한 해장국 대용으로 먹을 수 있다.
- 수프와 같은 느낌으로 먹어도 되고 쿠스쿠스 같은 것을 넣어서 포만감 있는 한 끼 메뉴로도 가능하다.
- 남은 국물은 빵에 찍어 먹거나 파스타에 넣어서 소스로 활용할 수 있다.

치아바타 빵가루 믹스

치아바타 ◦ 1개
소금 ◦ 1꼬집
후추 ◦ 약간
마늘 ◦ 1개
올리브오일 ◦ 1큰술
파르마산치즈 ◦ 1/2컵
허브(바질) ◦ 3장

만드는 법

빵을 잘게 뜯은 다음 모든 재료를 다 블렌더에 넣고 간다.

쓰임새 및 응용

- 이 빵가루 믹스는 생선 등의 위에 올리는 구이용으로 쓸 수 있으며 치즈가 들어가 있어 와인 안주로 잘 어울린다.
- 허브는 타임이나 딜, 이태리 파슬리 등 취향에 따라 다양하게 바꿀 수 있다.

관자오븐구이

대파 ◦ 1/2줄기
관자 ◦ 6마리
와인이나 증류주 ◦ 1 큰술
올리브오일 ◦ 1 큰술
소금 후추 ◦ 약간

만드는 법

관자를 잘 손질하여 살을 떼어낸 다음 종이타월에 올려 물기를 제거한다. 대파를 길이로 채로 썰어 바닥에 깔고, 소금, 후추, 술, 올리브오일을 두르고 간을 한 관자를 그 위에 올린다. 간은 굽기 전에 후추와 함께 바로 한다. 미리 간을 해두면 육즙이 빠질 수 있다.
180도씨로 예열한 오븐에 13분가량 굽는다.

쓰임새 및 응용

- 재료에서 나온 육즙, 오일과 대파가 자연스레 어우러져 소스가 되므로 바로 먹으면 된다.
- 화이트와인과 같이 먹으면 좋다.

호박 피클

호박 · **1개**
소금 · **약간**
수부초 · **1컵**

만드는 법

호박을 잘 씻어 종이타월로 물기를 닦아낸 다음, 호박의 속을 파내고 껍질 부분을 어슷하게 썰어 소금에 약간 절인 다음 채반에 받쳐 물기를 털어준다. 호박을 유리통에 담고 초로 충분히 잠기게 덮어준다. 초를 따로 끓이지 않는다.

쓰임새 및 응용

- 나트륨 제로를 원할 때는 소금을 별도로 넣지 않고 호박에 바로 수부초를 부어도 된다.
- 채소는 호박 대신 당근이나 피망, 오이 등도 같은 방식으로 활용 가능하다.
- 수부초 대신 일반 현미식초에 설탕을 넣고 피클링 스파이스를 넣을 수도 있다. 이때는 보통 채소의 효소작용을 막아 아삭함을 주기 위해서는 피클 용액을 한번 끓여 채소에 붓는다.

서리태 초콩

서리태 · **100그램**
현미초 · **360cc**

만드는 법

서리태를 잘 씻어 바싹 말린다. 상온의 식초를 콩의 3배 정도로 붓고 냉장고에서 열흘 정도 그대로 둔다. 콩이 말랑말랑해지면 샐러드 등에 넣거나 밥과 함께 매일 5알씩 먹는다.

쓰임새 및 응용

- 초콩은 나트륨이 전혀 없으며 콩의 단백질 흡수율이 두부보다 더 뛰어나서 소화기능이 떨어지고 단백질을 꼭 챙겨 드셔야 하는 분들에게 좋다.
- 서리태가 없으면 일반 콩도 가능하다.

닭 오븐 구이

닭다리살 • 4장
소금 • 약간
후추 • 약간

만드는 법

닭을 소금, 후추로 간한다. 팬에서 껍질을 아래로 놓고 먼저 닭 표면의 기름을 빼내고 180도씨 오븐에서 피하지방이 빠지게 노릇하게 굽는다.

쓰임새 및 응용

- 깨끗한 짠맛이 아니라 감칠맛을 더 원하는 경우 소금은 죽염 대신 소금누룩으로 대체할 수 있으며 이 경우에는 하루 전에 미리 재어 놓는 것이 좋다. 소금의 종류는 닭 표면의 노릇한 색과는 상관이 없으며 오히려 당분이 함유된 소금누룩의 경우에는 기름이 다 빠지기도 전에 너무 검게 겉이 타버릴 수 있으니 주의해야 한다.
- 시간이 며칠 지나면 소금누룩이 닭과 만나서 이취를 낼 수 있으므로 닭의 신선함을 잘 확인한다. 닭은 상하기 쉬운 재료이며 덜 익은 경우 살모넬라와 같은 균에 의해 식중독을 일으킬 수 있으므로 맑은 육즙이 떨어질 정도로 완전히 익힌다.

- 닭을 통째로 오븐에서 구울 경우에는 탐침봉으로 온도를 확인하나 집에서는 그럴 수 없으므로 닭을 들어보아 핑크빛 육즙이 떨어지면 덜 익은 것이고 맑고 노오란 육즙이 나오면 다 익은 것으로 생각하면 된다.

씨겨자 드레싱

씨겨자 · 1큰술
수부초 · 1큰술
올리브오일 · 1큰술
레몬 · 1/8쪽

만드는 법

모든 재료를 다 같이 넣고 잘 섞는다.

쓰임새 및 응용

- 채소 등에 뿌려 드레싱으로 쓰거나 문어 위에 뿌려 먹어도 좋다.
- 씨겨자 양을 조금 더 넣고 캠핑 같은 야외 활동 중에 식사할 때 쇠고기 등을 찍어 먹는 소스 용도로 써도 좋다.
- 단맛이 강하다 싶으면 신선한 레몬을 약간 짜주면 좋다.
- 소금, 후추를 채소에 직접 뿌리지 않고 드레싱에 미리 넣고 싶을 때에는 올리브오일을 섞기 전에 수부초에 넣어 잘 섞어준 다음 기름을 넣는다.

문어 씨겨자 초무침

문어 • **1마리**
수부초 • **1컵**
소금 • **1큰술**
씨겨자 드레싱 • **1컵**
이태리 파슬리 • **1줄기**

만드는 법

찬물을 받아 소금을 넣고 문어가 잠길 정도인지를 확인한다.
문어를 잘 손질하여 넣고 물에 충분히 잠기게 한 다음 1시간 반 이상 뭉근히 끓인다. 문어 다리를 젓가락으로 찔러보아 쉽게 들어간다 싶으면 꺼내 살짝 식혀 썬 다음 드레싱을 뿌려준다.
이태리 파슬리를 다져 위에 올린다.

쓰임새 및 응용

- 문어는 살짝 데쳐서 빨리 꺼내 씹는 맛으로 먹든지 아니면 오래 삶아 살을 부드럽게 하든지 자기가 원하는 스타일대로 한다.
- 낮은 온도에서 오래 조리하기 힘들면 압력밥솥에 10분 정도 삶아서 익힐 수도 있다.

대구오븐구이

대구 · **2조각**
치아바타 빵가루믹스 · **반 컵**

만드는 법

대구는 도톰하게 썰어 기름종이를 깐 쟁반에 올리고 오븐을 미리 180도로 달군 다음 빵가루를 대구 위에 얹고 노릇하게 굽는다.
다 구워진 생선 위에 레몬을 바로 뿌려주고 접시에 담는다.

쓰임새 및 응용

- 육질은 다르지만 대구가 없으면 다른 생선을 응용해도 된다.
- 광어와 같은 납작한 생선류는 익으면 살이 퍽퍽하므로 이 방식을 쓰려면 빵가루를 얇게 입히고 살을 가능한 도톰하게 썬다.

새콤달콤간장소스의 장어구이

올리브오일 • **1큰술**
장어 • **2장**
수부초 • **5큰술**
유기농 간장 • **1큰술**
생강, 한 꼭지 다진 것 • **1개**

만드는 법

팬에 올리브오일을 두르고 장어의 한쪽을 굽고 뒤집어 반대쪽을 굽는다. 이때 장어가 오그라드는데 집게로 잘 눌러준다.
수부초 간장 믹스를 부어 수분이 날아가서 장어 표면에 소스가 묻어날 정도로 졸인다.
다 된 장어는 가위로 먹기 좋게 잘라 위에 생강을 뿌려준다.

쓰임새 및 응용

- 데리야키 소스 느낌이지만 차원이 다른 고급스러움이 있다.
- 수부초 간장 믹스는 올리브오일 대신 냉압착한 참기름과 동량으로 해서 고수 샐러드에 드레싱으로도 쓸 수 있다.

고객들이 말하는 이수부 키친

이수부 셰프님과의 인연은 20년 전으로 거슬러 올라간다. 와인 모임에서 테이스팅 리스트가 정해지면 셰프님은 각 와인에 매칭될 메뉴를 직접 짰다. 페어링의 실마리를 어떻게 풀어나갈지 심도 있게 고민하고 와인의 본질을 침범하지 않는 선에서 최소한의 터치만 가했다. 와이너리 현지에 이메일을 보내 당신의 미니멀 어프로치에 대한 의견을 구하기도 했다. 주어진 재료를 어떻게 다룰 것인가에 대한 집요한 책임의식. 무엇을 덜어냄으로써 더 많은 것을 채울 것인지를 탐구하는 여백의 미학. 셰프님과의 오랜 만남을 통해 배운 삶의 덕목들이다. 『이수부 키친, 오늘 하루 마음을 내어드립니다』는 요리사 이수부의 내밀한 지적 행보와 절제된 통찰을 엿볼 수 있는 책이다. 원테이블 레스토랑 이수부 키친에서 음식을 만들고 손님을 대하는 마음가짐과 심오한 영성을 고스란히 느낄 수 있다.

• 이진백 (네이버 리더, 와인애호가)

나는 이수부 키친에 갈 때마다 항상 맥시멀리스트가 되었다. 미니멀리스트 셰프가 만들어준 요리 때문이기도 했지만, 시간과 공간을 온전히 공유할 사람들과 함께였으니 그럴 수밖에 없었다. 이수부 키친에 다녀온 다음은 며칠이 지나도 몸과 마음이 가득했다. 이 모든 것이 주인장의 의도와 배려라는 것을 나중에야 알았다.

• 박정용 (벨로주 대표)

이수부 키친에서 만나자는 말은 마치 집으로 놀러오라는 것처럼 들린다. 우리는 알맞게 모여 적확한 식사를 하면서 서로가 추천하는 노래를 듣고 때론 함께 부를 것이다. 대로변에 올려진 일상을 살다가 찾는 길모퉁이 작은 레스토랑에는 이렇듯 맛있는 시간이 기다린다.

• 김소영 (라인플러스 리더)

마른 요리사를 믿지 않지만 이수부는 믿는다. 그의 요리가 제철재료와 생선을 살짝 데치는 수준으로 익히고, 양념은 뒤를 바치는 순한 요리들이기 때문이다. 책을 통해 쉬워 보이는 이 조리법이 그저 단순한 게 아니라 '음식은 재료가 말을 하게 하는 것'이라는 문장을 지키기 위해 고심한 덕분이란 걸 알게 된다. 그는 개인주의자 요리사다. 자신의 건강을 위해 불맛 내는 가스레인지 아닌 인덕션을 쓰고, 기름도 최소한으로 사용하며 발효를 애정하는 이유도 담겨 있다. 그런 이가 손님을 위한 요리를 쉬운 길로 만들 리가 없다.
수부 셰프의 무심시크 요리 설명이 좋다. 처음 물으면 조용하고 빠르게 스윽. 한 번 더 물으면 미소와 함께 깊은 조리의 세계를 펼쳐준다. 그 세계의 바탕이 된 철학, 요리뿐 아니라 삶, 사회, 관계에 대한 나즈

막한 생각들이 먹기 좋게 플레이팅되어 있는 글이다. 이수부 키친은 소담한 파티룸이다. 와인잔을 나르고, 와인을 따르고 음악을 선곡하며 호스트의 기분을 낼 수 있는 곳. 안온하고 온전한 친구들과의 시간이 필요하면 찾게 된다. 책을 통해 주인장의 얘기를 듣고 나면 당장 달려가서 맛보고 싶어질게다.

• 우승현(스마트미디어렙 대표, 도락가)

취향 좋은 친구가 꾸민 아지트에 초대받은 느낌이랄까. 훤히 보이는 주방을 등지고 서면 책, 그림, 직접 깎아 만든 듯한 나무 접시와 도마들이 보인다. 군데군데 조각 작품까지 구경하는 재미가 쏠쏠하다. 셰프님의 유니폼은 입구에 떡하니 걸려 있어서, 누구의 안내도 필요 없이 '저곳에 외투를 벗어 걸어두라는군' 하게 만든다. 한가운데 놓인 커다란 나무 테이블이 아주 멋진데, 비로소 우리는 그 테이블에 모여 셰프님의 요리로 함께 연결되는 경험을 하곤 했다.

• 황유지(카카오 부사장)

나오는 글

오늘 하루
마음을 다하는 태도가 나를 살린다

"식당 하면 제일 좋은 게 뭐예요?"

종종 이렇게 묻는 분이 계신다. 그럼 나는 이렇게 대답한다.

"이거 하면서 좋은 거요? 참 좋은 분들을 많이 만나고 덕분에 제가 거기서 인생을 배웠다는 거죠. 옆에서 밥 해드리면서. 그래 사람은 저렇게 하는 거구나. 저렇게 하니까 참 보기 좋구나. 역시 다르구나. 그런 걸 느낄 수 있게 해줬어요. 지난 시간이 감사하죠. 그 덕에 내가 그나마 이만큼 익어갈 수 있었구나 하는 생각이 들기도 하고. 그리고 돌아보게 돼요. 나는 살아가면서 과연 누구에게 그렇게 따스한 사람이었는가? 머리로 승부하려고 하면서 상처만 남기는 건 아닌가. 제게 가게는 이 좁은 공간 안에서 세상을 바라볼 수 있게 해주는 창 같은 거구요. 손님은 제게 세상을 가르쳐주는 선생님 같은 분이에요. 한 분 한 분."

'미니멀리스트 키친, 이수부'라는 이 작은 가게를 열어서 내가 지난 8년간 느꼈던 걸 한마디로 정리하라고 하면 아마 고마움일 것 같다. 더 갈 데 없던 인생의 갈림길에서 최초의 열정 그 언저리로 다시 돌아오게 하고 그렇게 시작한 일을 통해 새로운 만남을 갖고 희망을 찾고 살아 있다는 기회가 주는 감사의 의미를 각성시켜준 시간. 나는 그 공간에서 음식을 하는 주인공이었을지 모르지만 인생의 길을 걸어가는 조심스럽지만 유쾌한 관찰자였고 학생이었으며 그 덕분에 오늘까지 하루하루 고민 속에서도 그 일을 이어가고 있는 조연이었다.

자산 가치의 급격한 상승으로 열심히 일하는 분들의 노동 가치가 많이 훼손된 시대. 새로운 방역 수칙이 생겨 만남의 자유가 제한될 때마다 "도대체 얼마나 더 좋은 일이 있으려고 이러지?" 라며 기대치를 낮추고 긍정적인 마음을 가지려고 노력했지만 내일로 나아가기 위해서는 막연한 긍정보다는 지난날을 차분히 돌아보며 새로운 각오를 다지는 시간이 필요하다는 생각이 들었다. 마침 이 책을 통해 그간 걸어온 시절을 쭈욱 둘러보게 되어 빛바랜 이야기지만 개인적으로 코로나 시대에 할 수 있는 의미 있는 떠나보냄과 새로운 일을 위한 첫발을 내딛을 수 있게 된 것 같다.

시대의 패러다임이 디지털을 넘어 급격하게 바뀌는 세상. 부디 중년의 밥쟁이가 쓰는 이 작은 책이 생활 속에서든 일로든 물을 만질 수밖에 없고 가끔 타인을 위해 커피를 낼 줄 아는 모든 사람들에게 우리가 매일 하는 먹는다는 행위와 그 행위가 일어나는 공간에 대한 의미를 한 번쯤 다시 돌아볼 수 있는 계기가 되었으면 하는 바람이다.

오늘이 있기까지 먹거리를 통해 삶의 옷자락을 보여주시고 관계의 의미를 알게 해주신 모든 분들에게 감사를 드린다.

이수부

이수부 키친, 오늘 하루 마음을 내어드립니다

초판 1쇄 인쇄 2022년 2월 4일 **초판 1쇄 발행** 2022년 2월 14일

지은이 이수부
펴낸이 이승현

편집1 본부장 배민수
에세이1 팀장 한수미

펴낸곳 ㈜위즈덤하우스 **출판등록** 2000년 5월 23일 제13-1071호
주소 서울특별시 마포구 양화로 19 합정오피스빌딩 17층
전화 02) 2179-5600 **홈페이지** www.wisdomhouse.co.kr

ISBN 979-11-6812-218-5 03810